U0518352

Of Mice and Men
人鼠之间

［美］约翰·斯坦贝克 著　冯涛 译

陕西师范大学出版总社

图书代号：WX18N1654

图书在版编目（CIP）数据

人鼠之间 ／（美）约翰·斯坦贝克著；冯涛译 . — 西安：陕西师范大学出版总社有限公司，2019.1
ISBN 978-7-5695-0365-4

Ⅰ . ①人… Ⅱ . ①约… ②冯… Ⅲ . ①中篇小说 — 美国 — 现代 Ⅳ . ① I712.45

中国版本图书馆 CIP 数据核字 (2018) 第 245720 号

人鼠之间
REN SHU ZHI JIAN

[美] 约翰·斯坦贝克 著　冯　涛 译

责任编辑	焦　凌
特约编辑	林小慧
责任校对	宋媛媛
装帧设计	徐佩瑶
出版发行	陕西师范大学出版总社
	（西安市长安南路 199 号　邮编 710062）
网　　址	http://www.snupg.com
印　　刷	山东临沂新华印刷物流集团有限责任公司
开　　本	880mm×1240mm　1/32
印　　张	6.5
插　　页	4
字　　数	150 千
版　　次	2019 年 1 月第 1 版
印　　次	2019 年 1 月第 1 次印刷
书　　号	ISBN 978-7-5695-0365-4
定　　价	42.80 元

读者购书、书店添货或发现印装有问题，请与营销部联系、调换。
电　话：(029) 85307864　85303629　传　真：(029) 85303879

译者序

　　约翰·厄恩斯特·斯坦贝克，1902 年 2 月 27 日出生于美国加利福尼亚的萨利纳斯，斯坦贝克成长于美丽富饶的萨利纳斯河谷，他大部分重要的长篇和中短篇小说都以这里作为背景。斯坦贝克的母亲是一位公立学校的老师，在他小时候就为他朗读《金银岛》和《罗宾汉》这样的书籍，小约翰是听着《圣经》的节奏和《亚瑟王之死》里圆桌骑士的故事慢慢长大的。他成年以后的创作将一次又一次地重新回到童年的生活场景，这些早期的文学主题和象征深刻地影响了他一生的创作。

　　斯坦贝克的家境相对优渥，中学时期成绩优良，他 1919 年中学毕业，进入斯坦福大学学习英国文学，中学和大学期间他都曾在当地的农场做过农场工人，实际的工作经验和见到的各色人等成为创作《人鼠之间》的素材。1925 年，他没有拿到学位就来到东海岸的纽约追求自己的文学梦想，其间干过多种不同的工作，坚持从事写作，但眼看出版无望，无奈只得于 1928 年返回加利福尼亚。第二年，就在纽约股市大崩盘的两个月前，斯坦贝克出版了他的处女作《金杯》，以著名的私掠船船长亨利·摩根的生平为原型创作而成，总共卖掉了一千五百册。

1930年，斯坦贝克与两年前在游憩胜地塔霍湖当导游和管理员时认识的卡罗尔·亨宁结婚，同一年他还认识了海洋生物学家埃德·里基茨，里基茨成为斯坦贝克终生的良师益友，他有关生物甚或人生的观点深刻地影响了斯坦贝克文学创作的主题，斯氏著名的中篇小说《罐头厂街》中那位海洋生物学家"博士"就是以里基茨为原型创作的。

20世纪30年代是美国的大萧条时期，到处是排队领救济物品的市民、血腥的劳资冲突、因贫困而背井离乡的农民，这一时期对斯坦贝克整个的人生观、价值观和创作观都有巨大的影响。1935年，斯坦贝克出版了他真正的成名作《煎饼坪》，小说的出版大获成功，赢得加利福尼亚联邦俱乐部的金质奖章，并于1942年改编为同名影片。斯坦贝克在荣获诺贝尔文学奖时，瑞典学院曾如此提到这部小说："一帮'老乡'的辛辣而又喜剧性的故事，这一帮不合群的边缘人，他们的那些狂欢闹饮几乎就是对于亚瑟王的圆桌骑士的夸张模仿。据说在当时大萧条之下的美国，这本书被当作对抗忧郁的解毒剂而大受欢迎。"

斯坦贝克之后开始集中精力创作一系列"加利福尼亚小说"和"沙尘文学"（20世纪30年代，严重的沙尘暴极大地破坏了美国和加拿大的生态和农业，反映这段时期这一地区的文学作品被称为"沙尘文学"），这其中就包括《胜负未决的战斗》《人鼠之间》和长篇巨著《愤怒的葡萄》，他还专门针对背井离乡的农业工人写了一系列文章，结集为《收获季节的吉卜赛人》。

为创作《愤怒的葡萄》，斯坦贝克专门赶赴俄克拉何马，加入一队背井离乡的农业工人，和他们一起回到加利福尼亚，然后又和这些季节工人一起住在"胡佛村"（美国20世纪30年代设立的失业工人及流浪汉的收容所），和他们一起去找工作，第一手地观察他们的生活状况。《愤怒的葡萄》的出版成为 1939 年美国出版界的一个重大事件，据估计，首版就售出了五十多万册，小说马上就被译成多种外国文字，荣获美国书商奖（美国国家图书奖的前身）和普利策奖，斯坦贝克也由此入选国家艺术文学院。在 1940 年的年度大片中，电影版《愤怒的葡萄》可以和《乱世佳人》《绿野仙踪》分庭抗礼，一较高下。另一方面，《愤怒的葡萄》也受到猛烈的批评，小说那粗粝的语言和鲜明的描写对有些读者来说显得过于逼真，因而难以接受，有些读者认为斯坦贝克对于资本主义的描绘过于负面，过多地流露出对共产主义观点的认同，而且可想而知，本书尤其引起加利福尼亚的种植园主和大地主的不满。

在斯坦贝克的文学创作大获成功的时候，他的婚姻却亮起了红灯，为了修复夫妻间的龃龉，也为了躲避公众对于《愤怒的葡萄》的激烈争论，他和卡罗尔在埃德·里基茨的陪同下遍游了加利福尼亚湾，这次旅行后来记录在《科尔特斯之海》一书中，但他们的婚姻终究还是在 1943 年走到了尽头。

20 世纪 40 年代，斯坦贝克的兴趣转向了纳粹的崛起，1943 年他正式成为《纽约先驱论坛报》的战地记者，与美国的战略服务办公室（美国中央情报局的前身）一起工作，这段时间他撰写的文章于 1958 年结集为《曾经有一场战争》出版。前一年，他已经出版了一部正面描写北欧一个小国抵抗纳粹侵略的小说《月落》，几乎马上就被改编为电影上映。1945 年，挪威国王因为他对挪威抵抗运动所做的文学贡献授予他哈康七世自由十字勋章。在此期间他与格温·康格结婚，这第二次婚姻给他带来了两个儿子。他带着榴霰弹弹片造成的身体创伤以及战争造成的精神创伤从战场上回来，他自我疗救的方式仍然是写作。1945 年他写出了又一部大受好评的加利福尼亚小说《罐头厂街》，1947 年他创作了中篇杰作《珍珠》，旋即也被拍成电影。

　　1947年，斯坦贝克偕同著名摄影家罗伯特·卡帕第一次来到苏联，他们参观了莫斯科、基辅、第比利斯、巴统和斯大林格勒，他们算是十月革命后第一批访苏的美国人之一。斯坦贝克写了一本《访俄日志》，书中配以卡帕拍摄的照片。1948年，埃德·里基茨在一次车祸中丧生，这对斯坦贝克而言是一次沉重的打击，他与格温的婚姻也走向了尽头。1950年，斯坦贝克与演员伦道夫·斯科特的前妻伊莱恩·斯科特结婚，次年开始创作他篇幅最长的小说《伊甸之东》，据伊莱恩的说法，他将其视作他最伟大的作品。小说讲述了他的家乡萨利纳斯山谷两户人家几代人的家族故事，隐含着该隐和亚伯的母题，是一部探讨人性善恶的巨著。《伊甸之东》于1952年出版，当年即改编为电影，由著名导演卡赞执导，是偶像明星詹姆斯·迪恩的银幕首秀。

　　斯坦贝克的最后一部长篇小说《烦恼的冬天》出版于1961年，集中探讨的是美国道德衰退的主题，主人公伊桑对他自己以及周围所有人的道德退化越来越感到失望和不满，作品的调子截然不同于《煎饼坪》和《罐头厂街》那种超道德和生态学的立场。《烦恼的冬天》被认为是对现代社会美国中产阶级价值观的批判，很多评论家承认这部作品的重要性，却因为它并非第二部《愤怒的葡萄》而感到失望。

　　同年，斯坦贝克受邀作为观礼贵宾参加了约翰·F.肯尼迪总统的就职典礼，第二年，瑞典学院因他那"现实主义同时又充满想象的创作将富有同情心的幽默和对社会的敏锐观察融为一体"而授予斯坦贝克诺贝尔文学奖，这是一个作家所能得到的最高荣誉。但是有不少批评家认为斯坦贝克天资有限，而且是个"宣传"作家，斯坦贝克在受奖演说中对这种批评做出了反击，他说"文学并不是由一个苍白而且遭到阉割的吹毛求疵的僧侣来传布的、在空荡荡的教堂里吟唱的连祷文。文学也并不是那些与世隔绝的上帝选民——这些拥有低卡路里式绝望的自命不凡的托钵僧——的一种游戏"。

肯尼迪遇刺以后，斯坦贝克成为继任总统林登·约翰逊的朋友。在越南战争期间，支持越战的斯坦贝克失去了那些持反战立场的朋友，他作为纽约《新闻日报》的战地记者亲赴南越，他的两个儿子也都在军中服役，一个就在越南战场。

斯坦贝克的最后两部著作都是非虚构作品。《与查理一起寻找美国之旅》记录的是他驾车从缅因一路到加利福尼亚横越美国大陆的长途旅行，如书名所示，他这次旅行就是一次寻找美国精神的朝圣之旅。查理是他的黑色贵宾犬，而他把他驾驶的卡车命名为"驽骍难得"——理想主义的骑士堂吉诃德胯下的那匹瘦马，其寓意再明显不过了。斯坦贝克对美国的热爱在这本书中无处不在，他感觉在他的朝圣之旅中已经发现了现代的美国性格。他在最后一部著作《美国与美国人》中表达了尽管在 20 世纪 60 年代遭受了种种阵痛，这个国家终将重新联合起来的终极信仰。

斯坦贝克 1968 年 12 月 20 日病逝于纽约的公寓，享年六十六岁，他的妻子将他的遗体带回家乡萨利纳斯，将他埋在源自他的想象并在他的作品中获得永生的那些小镇和农场中间。作为一个大半生都备受争议的作家，他留在人们记忆中的形象可用以下诺贝尔奖的颁奖词来概括："……他坚守一个独立的真理阐释者的立场，秉持公直无私的天性一心去探索什么才是真正的美国人，不管是好还是坏。"

本书选译的《人鼠之间》和《珍珠》是斯坦贝克世所公认的两部中篇小说的杰作，都被美国的众多中学列为必读书，这也是译者本人最喜欢的两部斯坦贝克的作品，喜欢的程度甚至超过了《愤怒的葡萄》和《伊甸之东》那两部长篇巨著。

出版于 1937 年的《人鼠之间》写的是大萧条时期失业的农场工人四处寻找工作的悲惨遭遇，具有极强的现实意义，但它同时又可以被当作一部极具象征意味的寓言，讲述的是人类生而孤独的生存状况，无论如何卑微仍旧充满理想的精神，以及美好的理想终遭破灭的悲剧，而生命的苦难和理想破灭的悲剧又在真正的文学中转化为艺术的纯美。

斯坦贝克原本把小说的标题定为《世事如常》，意思是说小说里的那些人物的悲惨命运不过是"世事如常"的，没有人能为其中的悲剧负责，含有浓重的宿命色彩，但他在读到苏格兰大诗人彭斯的诗作《致老鼠》以后改为了现名。彭斯写的是他在犁地时无意中毁掉了一个鼠窝所感到的遗憾之情，他向老鼠道歉说："可是，鼠啊，在证明深谋远虑无非是徒劳方面 / 你们并不孤单：/ 人和鼠那些最周密详尽的谋划 / 经常都会出岔 / 而应许给我们的快乐 / 给我们带来的却只有悲伤和苦痛。"其中一句诗——"The best laid schemes of mice and men"也由此成为一个习语，意思是：即便是准备最为周密的计划也有可能出岔。斯坦贝克改用"人鼠之间"作为小说的标题，其内涵就由原来的"世事如常"微妙地变为"世事无常"了。

"孤独"是小说中每个人物的共性。体壮如牛但有智力缺陷的伦尼和瘦小精明的乔治在四处流浪中只能相依为命；老勤杂工坎迪当初出了事故，手绞到机器里，只剩下一截光秃秃的断腕，和他的老狗相依为命，而老狗又因为身体发臭被农场的工人实行了安乐死；马房的黑人克鲁克斯因为他的肤色已经备受歧视了，脊梁骨又被马给踢断，只能在马房里独活；农场老板的儿子柯利好勇斗狠，四处挑衅，但明显又外强中干，性能力很差，他娇艳的新婚妻子因为肉体和精神上都得不到满足，只能在农场上和随便什么男人调情……为了强化这种无处不在的孤独感，作者特地将故事的发生地设在索莱达附近，而"Soledad"这个地名在西班牙语里的意思就是孤独。克鲁克斯就哀诉道："一个人要是身边连个人都没有，他是会发疯的。不管那个人是谁，只要他跟你在一起就成。我跟你说，"他哭泣道，"我跟你说，一个人要是太孤单的话，他是会一病不起的。"

尽管每个人都渴望归属和伴侣，但斯坦贝克强调的是人们彼此间不把对方当人，不以诚相待，由此而形成的人为的藩篱才是孤独感的根源所在。柯利妻子的孤独是由柯利的无能和嫉妒导致的，她的孤独又导致柯利变本加厉的嫉妒，结果农场上谁都不敢去招惹她了，她无奈之下只能找脑子不好使的伦尼做伴，最终导致伦尼失手将她的脖子扭断。围绕在克鲁克斯周围的藩篱是种族歧视，只因为他是黑人，他就被禁止进入工人的宿舍，只能一个人待在马房里。这其中只有伦尼和乔治真正地相依为命，而他们之间这种情感的联系也只有"赶牲口的好手""农场上的王侯"斯利姆能够真正理解。

小说中的人物无一例外，每个人都孤独无依，但每个人又都有一个美好的梦想。尽管上无片瓦下无立锥之地，乔治和伦尼却梦想着总有一天能拥有自己的土地，不再颠沛流离，靠土地的出产过活。这个梦想对他们来说就像是天堂一样美妙，也像天堂一样遥不可及，他们就像念诵祈祷词一样念念不忘，就连有智力缺陷的伦尼都能倒背如流：

> 乔治继续往下说。"咱们可不是这样。咱们有奔头。咱们有在乎咱们的人，能跟他说说心里话。咱们不会因为没有别的地方可去，就只能到酒馆里把钱给挥霍光。他们那些别的人要是关进了监狱，就是烂在里面也没有一个人在乎。咱们可不是这样。"

伦尼插话进来。"咱们可不是这样！为什么呢？因为……因为我有你照应我，你有我照应你，就因为这个。"

"世界上所有诚实的作品都有一个基本的主题：努力去理解人。如果人与人之间能够相互理解，也就能相互友善。对一个人有了深入的了解以后，从来都不会导致恨，而几乎总会导致爱。也有更便捷的途径，有很多很多。写作能够促进社会改善，能够惩治社会不公，能够赞美英雄主义，但基本的主题还是那一条：努力去相互理解。"斯坦贝克如是说。

如果说《人鼠之间》可以当作一则寓言的话，那么《珍珠》实实在在就是一则寓言，它探讨的是人性、贪婪、邪恶以及对社会规范的挑战，用作者自己的话说，《珍珠》的主题是"人性的贪婪、物质主义和事物的固有价值"，再简单一点说，它就是一则探讨善恶的寓言。

小说的灵感来自加利福尼亚湾的拉巴斯流传的一则墨西哥民间传说，那里曾是盛产珍珠的地区，斯坦贝克是 1940 年在这一地区旅行时听到这一传说的。小说的情节，包括它的语言，都有一种民间传说那种庄严朴实、无始无终的感觉，这应该是斯坦贝克刻意追求的效果，因此在小说的呈现形式上就与以戏剧形式呈现的《人鼠之间》形成了鲜明的对比。打个不太确切的比喻：如果说《人鼠之间》可以比之于一出希腊悲剧的话，那么《珍珠》则可比拟为一个《一千零一夜》中的故事。

基诺是墨西哥的土著，作为世代居住在加利福尼亚湾滨海地带的渔民，他们的主业是采集珍珠，他们就是世代相传的采珠人，他们驾独木舟出海，住的是茅草屋，吃的只有玉米饼。但基诺的一家三口生活得简单而又幸福，在他的脑海中回荡着的是幸福的家庭之歌，可是从一天早上他们的婴孩小郊狼意外被蝎子螫伤以后，这个幸福之家的平静就此便被打破了。为了筹集治疗蝎毒的诊疗费，基诺把希望全部寄托在采到一颗值钱的珍珠上，幸抑或不幸，他居然采到了一颗稀世的宝珠，他们称它为"世界之珠"。那本来是用来救急的珍珠，成为基诺改变全家命运的唯一希望，他要和妻子胡安娜穿上礼服去教堂举行婚礼，他要一支来复枪，更重要的是他要儿子小郊狼受教育，由此完全改变儿子乃至全家的命运。有了这颗珍珠以后，基诺已经不再安于自己先前拥有的一切，邻居们其实已经看得很清楚，这颗珍珠既可能给基诺家带来巨大的幸运（他们就会说："当时他真是一下子就完全不一样了。他身上充满了力量，奇迹就是这样开始的。你看看他已经变成了一个多么了不起的人物，而一切就是从那一刻开始的。而我亲眼见证了那一刻。"），同样有可能给他们带来灾难（同样的这些邻居就会说："事情就是从那里开始的。一种愚蠢的疯狂支配了他，所以他就开始胡说八道了。天主保佑我们不要碰到这样的事吧。没错，天主惩罚了基诺，因为他胆敢反抗天理人道。你看看他都得到了什么样的结果。而我就亲眼见证了他失去理性的那一刻。"）——这还是在并没有外部力量加以干涉的情况下，这颗珍珠本身既可以是善的也可以是恶的，端看你如何来利用它了。而对于这样的一笔巨大的财富，外部力量又岂能袖手旁观？

先是直接派人来偷来抢，然后是在基诺卖珠的时候一致压低价钱，在基诺愤而决定将珍珠拿到首都去卖以后，他们派人凿漏了基诺家的独木舟、截杀基诺抢夺珍珠，甚至不惜将基诺家的茅屋一把火烧掉。万幸免于一死的基诺一家只能带着珍珠仓皇逃命，却又被人追杀，在付出小郊狼生命的代价以后，基诺把追杀者全部杀死，和胡安娜携珍珠和小郊狼的尸体重回故乡，将这颗并没有给他们带来幸运反而带来灾难的珍珠扔回大海。

《珍珠》不但被认为深刻地反映了"人类的生存经验"和"生活的

普遍意义"，还被誉为"艺术上的巨大胜利"。《珍珠》是美国中学普遍使用的文学范本，它不但可以用来教授什么是文学，同样可以用以讨论它所反映的重要的人生教训。小说《珍珠》不啻文学世界中的一颗稀世宝珠，它表面不但晶莹剔透、无比美丽，而且更重要地，它能够深刻地映照出人生的终极意义和人性的善恶。

目 录

人鼠之间

一

　　在索莱达以南几英里的地方，萨利纳斯河流入由一面山坡形成的
河岸，积成一个幽深碧绿的水潭。水还微温，因为在流进这狭长的水
潭之前，河水曾闪着微光流过一片阳光直射的黄色沙地。河的一侧，
金黄色的山坡蜿蜒曲折地渐渐上升成为险峻崚嶒、怪石嶙峋的加比兰
山脉，不过在山谷的那一侧，沿着水流却有一片茂密的树林——柳树
低矮处的枝杈上虽还残留着严冬河水泛滥时留下来的残渣败叶，可是
每到春天就会生机无限、绿意盎然。美国梧桐那斑斑点点的白色枝干
旁逸斜出，在水潭上方形成一顶顶伞盖。树底下沙岸上积着一层厚厚
的落叶，干枯易碎，一条蜥蜴从落叶中跑过，都会发出挺大的窸窣声。
一只只野兔在傍晚时分从矮树丛里跑出来，在河岸上蹲着，潮湿的浅
滩上遍布着夜间活动的浣熊的爪痕、附近农场里养的狗群的脚迹，以
及天黑以后过来饮水的鹿群那有一道裂隙的楔形蹄印。

　　有条小径穿过柳树和美国梧桐，这条小路是附近各个农场的男孩

子们跑到深潭里来游泳，还有流浪汉们傍晚时分从公路上疲惫地来到水边露宿用脚给踩出来的。在一棵巨大的美国梧桐水平伸出的一根低矮的树干前面，有一个由无数次篝火累积而成的灰堆；这根枝干因为一直有人坐在上头，已经被磨得光溜溜的了。

　　一个炎热的白天过后，傍晚时分才有一丝微风从树叶间拂过。阴影爬过一座座小山头，正朝山顶攀登。沙岸上蹲着一只只野兔，安静得就像一座座小小的灰色石雕。这时候，从州属公路的方向传来人踩在梧桐枯叶上的脚步声。兔子们无声地匆忙躲避起来。一只细脚伶仃的苍鹭费力地振翅跃起，朝河下游飞去。有一阵子，这地方死气沉沉的，然后，有两个人出现在了那条小径上，走进了绿色水潭边的那块空地。

　　两人从小径上走来时一个在前一个在后，就算是来到了空地上，也仍旧是一前一后。两个人都是一身牛仔布衣裤，牛仔上衣上钉着黄铜纽扣。两个人都戴了一顶没形没状的黑色帽子，肩头上扛着一个打得很紧的行李卷。头前领路的是个小个子，动作敏捷，面色黝黑，眼珠子滴溜溜地转个不停，五官的轮廓特质明显、线条分明。他浑身上下每个部分无不轮廓清晰：两只强壮的小手，两条细瘦的胳膊，一个又挺又窄的鼻子。跟在后面的那个人的形象正和他恰恰相反：大高个儿大块头，面容松松垮垮、没形没状，眼睛大而无神，肩背很宽却是溜肩膀；他走起路来脚步沉重，稍微有点拖地，就像是狗熊拖拉着脚掌一样。两条胳膊并不在身体两侧前后摆动，而是疲疲沓沓地耷拉着。

　　领头的那个人突然在空地上站住脚步，跟在后面的大个儿差点把他给撞倒。他摘下帽子，食指沿着里面皮质的防汗带抹了一圈，把上面的汗珠子弹掉。他那个大块头的同伴把铺盖卷一扔，趴下身来就去

4

喝那绿色水潭里的水；他咕咚咕咚地大口吞咽，就像匹马一样朝水里喷着鼻息。那小个子紧张不安地来到他身旁。

"伦尼！"他厉声道，"伦尼，看在上帝的分上别喝这么多。"伦尼继续朝水潭里喷气。那个小个儿俯下身来晃着他的肩膀。"伦尼，你又会像昨儿夜里那样不舒服的。"

伦尼干脆把整个脑袋连帽子一起全都浸到了水里，然后一屁股在岸上坐下，帽子上的水滴滴答答地落在他的蓝色外衣上，顺着后脖颈儿直往下淌。"水很好。"他说，"你也喝，乔治。你痛痛快快地多喝点儿。"他眉开眼笑。

乔治把行李卷从肩头解下来，轻轻地放在岸上。"我可拿不准这水怎么样。"他说，"看着脏不拉叽的。"

伦尼把他那大爪子伸进水里，手指伸开轻轻摆动，在水面上溅起小小的水花；一圈圈扩展开来，碰到对岸又折返回来。伦尼看着水面上的粼粼波光。"看呀，乔治。看看我弄出来的花样。"

乔治在潭边跪下，用手快速地掬起一捧捧水来喝。"尝着还不错。"他承认道。"虽然不大像是活水。死水是绝对不该喝的，伦尼。"他万般无奈道。"可你要是渴了，就连阴沟里的水都敢喝。"他掬起一捧水来洒到脸上，然后用手把脸上、下巴底下和脖颈后面都揉搓了一遍。然后他重新把帽子戴上，从河边往后挪了挪，把膝盖弓起，用胳膊搂住膝头。伦尼一直都留心地瞧着，现在亦步亦趋地一一照做。他往后挪了挪，弓起膝盖，抱紧膝头，又瞧了瞧乔治，看自己是不是做对了。他把帽檐又稍稍拉低了一点，遮住眼睛，就跟乔治一模一样。

乔治愠怒地盯着水面。他的眼圈被太阳晒得发红。他怒道："要是那个狗杂种汽车司机不胡说八道的话，咱们就能直接乘到农场门口再下车了。'沿着公路走不了几步路的。'他说。还'走不了几步路'呢，他奶奶的都快四英里了，这就是那几步路！他是不想把车停在农场门口罢了，就这么回事。真他妈懒到什么程度了，多停一站都不肯。真怀疑他怎么竟然还在索莱达停了一下。说什么'朝前走不了几步路的'，就把咱们给踢了下来。我敢打赌都不止四英里路。该死的天又这么热。"

伦尼怯生生地望着他。"乔治？"

"嗯，干什么？"

"咱们这是要去哪儿呀，乔治？"

那小个儿男人把帽檐猛地往下一拉，怒冲冲地盯着伦尼。"这么说来你已经又忘啦，是不是？我又得告诉你一遍，是不是？耶稣基督啊，你个白痴狗杂种！"

"我忘啦。"伦尼柔声道，"我努力想记住来着。向上帝发誓，我确实想记住的，乔治。"

"好吧——好吧。我就再告诉你一遍。反正我也没别的事儿好干。跟你说一遍，你忘一遍，然后我又得跟你说一遍，也许我所有的时间都得花费在这上头。"

"我努力了又努力，"伦尼说，"可就是不管用。我记着那些兔子来着，乔治。"

"去你娘的兔子。你心心念念就只有那几只兔子。好吧！现在你给我听好喽，这一回你必须得记住，要不然咱们可就麻烦大啦。你还记得咱们在霍华德街上的那个贫民窟里，看着那块黑板上的招聘启事吗？"

伦尼的脸上突然绽放出愉快的笑容。"哦，当然啦，乔治，我记得那个……可是……咱们后来又做了什么？我记得有几个姑娘打咱们身边走过，你就说……你说……"

"管他娘的我说了什么。你还记得咱们走进'莫里和雷迪'招聘公司，他们给了咱们工作证和汽车票吗？"

"哦，当然了，乔治。我现在想起来啦。"他急忙把两手伸进外衣的侧袋里。他柔声道："乔治……我的没在这儿。我准是把它给弄丢了。"他绝望地低头看着地面。

"根本就没在你那儿，你个白痴狗杂种。两张工作证都在我这儿呢。真以为我会让你自己拿着工作证吗？"

伦尼欣慰地咧嘴一笑。"我……我还以为我揣到我侧兜里了呢。"他的手又伸进了那个口袋。

乔治严厉地盯着他。"你从那个兜里往外掏什么呢？"

"我兜里啥都没有。"伦尼机灵地道。

"我知道没有。你攥在手里了。你手里攥着什么——藏着什么？"

"啥都没有啊，乔治。真的。"

"听话，把它交出来。"

伦尼把攥紧的那只手藏到背后。"只不过是只老鼠，乔治。"

"一只老鼠？是活的吗？"

"呃——呃。不过是只死老鼠，乔治。可不是我弄死的。真的！是我捡的。捡到的时候就是死的。"

"把它交出来！"乔治道。

"啊，让我留着它吧，乔治。"

"交出来！"

伦尼攥紧的那只手慢慢松开了。乔治拿起那只老鼠，扔到了水潭对面的矮树丛里。"你弄这么一只死老鼠到底打算干吗？"

"咱们赶路的时候，我可以用大拇指抚弄它。"伦尼道。

"哼，你跟我一起赶路的时候就别想再抚弄什么老鼠啦。你还记得咱们这是要去哪儿吗？"

伦尼看起来被吓了一跳，然后不好意思地把脸藏到了两个膝头中间。"我又忘了。"

"耶稣基督啊！"乔治听天由命地道，"好吧——你听我说，咱们这是要去一家农场干活儿，就跟咱们从北边儿来的那个农场差不多。"

"北边儿的？"

"威德的那一家。"

"哦，当然了。我记得。是在威德。"

"咱们现在要去的那家农场就在那边，大约还有四分之一英里的路程。我们到了那儿得先去见老板。你给我听好喽——我会把工作证交给他，但是你一个字都别说。你就站在那儿，什么都不要说。他要是发现了你是个多么白痴的狗杂种，咱们就甭想弄到那份工作啦，但是他要是在听见你说话前先看到了你是怎么干活儿的，咱们的事儿就成啦。你听明白了吗？"

"当然，乔治。我当然听明白啦。"

"那好。我问问你，等咱们去见老板的时候，你该怎么着？"

"我……我……"伦尼苦思冥想，整张脸都绷紧了起来，"我……我什么都不说，就站在那儿。"

"好小子。这就成啦。你再说上个两三遍，千万不要再忘了。"

伦尼低声对自己嘟囔道："我什么都不说……我什么都不说……我什么都不说。"

"行啦！"乔治道，"而且你也不能再做任何坏事，就像在威德那样闯祸啦。"

伦尼一脸的懵懂。"就像我在威德闯的祸？"

"哦，原来你把那个碴儿也忘了，是不是？算了，我才不会提醒你呢，免得你再犯。"

伦尼的脸上现出恍然大悟的表情。"他们把咱们从威德给赶出来了。"他扬扬得意地道。

"把咱们给赶出来？见你的鬼！"乔治厌恨地道，"是咱们自己撒丫子跑出来的。他们到处找咱们，不过还是没抓住我们。"

伦尼高兴得咯咯直笑。"这个我没忘，真的。"

乔治仰面躺倒在沙岸上，双手交叉着枕在脑袋下面，伦尼依样画葫芦也躺下来，又抬起头来看看他学得对不对。"上帝啊，你可真是大麻烦。"乔治道，"我要是没有你这么个拖累的话，我的日子能过得多滋润多自在。我能过得多自在，兴许都能找到个妞儿啦。"

伦尼不作声地躺了一会儿，然后他满怀希望地道："咱们就要到一个农场上去干活儿啦，乔治。"

"没错儿。你倒是记住了。不过咱们就在这儿过夜，因为我有我的计较。"

现在白天正在迅速地逝去。阳光已经从山谷里退出，只有加比兰山脉的几个峰顶被映得通红。一条水蛇从水潭的水面上滑过，脑袋就像一个小小的潜望镜一样高高抬着。芦苇在水流中微微颤动。公路那边远远的有个人吆喝了一句什么，另一个人回了一声吆喝。一阵微风拂过，马上又消逝无踪，美国梧桐的枝干发出沙沙的响声。

"乔治——咱们干吗不到农场上去弄点晚饭吃呢？他们农场上是有晚饭的呀。"

乔治翻了一下身，改成侧躺。"对你来说没有任何理由。我喜欢这儿。明天再去干活儿。这一路上我看见他们都在用脱粒机。这说明咱们得扛粮包去，得去拼命。今儿晚上我打算就躺在这儿看看天，消停消停。我喜欢这么着。"

伦尼跪起身来，低头望着乔治。"那咱们没有晚饭吃啦？"

"当然有，只要你去拾一点干的柳树枝儿来。我的铺盖卷里有三个豆子罐头。你把篝火准备好。等你把干树枝儿拾了来堆好，我给你根火柴。然后咱们把豆子热一热就可以吃晚饭啦。"

伦尼说："豆子我喜欢配着番茄酱吃。"

"呃，咱们可没有番茄酱。你去拾点柴火吧，不许闲荡，天很快就黑了。"

伦尼笨戳戳地站起来，消失在了矮树丛里。乔治原地躺着没动，轻声吹着口哨。伦尼消失的那个方向传来水花泼溅的声音。乔治不再吹口哨了，凝神听了一会儿。"这可怜的傻瓜蛋。"他柔声道，然后继续吹起了口哨。

不一会儿，伦尼噼里啪啦地穿过矮树丛回来了。他手里只拿了一根小小的柳树枝。乔治坐起身来。"好吧！"他疾言厉色地道，"把那只老鼠给我！"

伦尼却故意做了一个纯洁无辜的手势。"什么老鼠啊，乔治？我可没有什么老鼠。"

乔治伸出手来。"快点。给我。你休想蒙我。"

伦尼踌躇不决，后退两步，目光狂乱地望着矮树丛的轮廓线，就像是要打算逃命一样。乔治冷冰冰地道："你是主动把那只老鼠交给我呢，还是我非得揍你一顿？"

"给你什么呀，乔治？"

"你他妈知道得很清楚。我要的是那只老鼠。"

伦尼很不情愿地把手伸进口袋。他声音有些发颤。"我不明白我为什么就不能留着它。它又不是别人的。我又不是偷了来的。我是在路边捡的。"

乔治的那只手仍旧蛮横地伸着。慢慢地，就像一只不愿意把叼住的球交还给主人的小猎狗一样，伦尼朝前一步，退回来，又朝前一步。乔治脆生生地打了个响指，伦尼赶紧把那只老鼠交到了他手上。

"我可没拿它干什么坏事呀，乔治，就只是摸摸它。"

乔治站直身子，使出全身力气远远地朝正在暗下来的矮树丛里扔去，然后他走到水潭边洗了洗手。"你这个发神经的傻瓜蛋。我都看到你那两只脚湿透了，还不知道你肯定过河找老鼠去了吗？"他听到伦尼抽抽搭搭的呜咽声，马上回过身来，"还像个娃娃一样哭天抹泪的！耶稣基督啊！亏你白长了这么大个子。"伦尼的嘴唇哆嗦着，眼泪在眼眶里直打转。"咳，伦尼！"乔治把一只手搭在伦尼的肩膀上，"我把它给扔了可不是因为心眼儿坏。那只老鼠都死了多长时间啦，伦尼。再者说了，你在抚弄它的时候都把它给捏碎啦。等你再找到只活的，我就让你玩一会儿。"

伦尼一屁股坐在地上，沮丧地垂着头。"我不知道哪儿还能再找到只老鼠。我记得从前有位女士给过我老鼠——逮到一只马上就交给我。可那位女士又不在这儿。"

乔治讥笑道。"女士，哈？连那位女士是谁都不记得啦。那是你嫡亲的姨妈克拉拉。而且她后来都不再把老鼠给你啦，一到你手里总是被你弄死。"

伦尼难过地抬头望着他。"它们太小啦！"他辩解似的道，"我爱抚它们，刚摸弄两下它们就咬我的手指头，我捏一下它们的脑袋，它们就死啦——因为它们太小啦。

"真希望咱们能尽快弄几只兔子来养，乔治。它们没那么小。"

"去你娘的兔子。要是老鼠在你手里活不下来，就不能信任你。你姨妈克拉拉给了你一只橡皮老鼠，你怎么就不玩儿了呢？"

"它摸起来感觉一点都不好。"伦尼道。

落日的光焰从山顶上消失不见了，暮色降临了山谷，柳树和梧桐树林间半明半暗。一条大鲤鱼突然跃出水面，吞咽了几口空气以后又神秘地重新没入黑色的水里，在水面上留下一圈圈扩散开去的涟漪。头顶上的树叶又开始轻轻拂动，飘下一团团小小的柳絮，落在水面上。

　　"你还不去拾点柴火？"乔治催促道，"那棵梧桐树后头就有很多，发大水的时候冲下来的，快去拾些过来。"

　　伦尼走到那棵树后，拾了一捆干树叶和小树枝，往原来的灰堆上一扔，垒成一堆，又去拾了更多的柴火过来。天已经差不多黑透了。一只鸽子扑扇着翅膀从水面上一掠而过。乔治走到柴堆前，点燃了干树叶。火苗在小树枝中间猛地蹿起来，然后又落下来开始稳稳地燃烧。乔治把铺盖卷解开，拿出三个豆子罐头。他把它们拿到火堆旁，靠近火苗，又不让火舌舔到它们。

　　"这些豆子四个人吃都够。"乔治道。

　　伦尼隔着火堆望着他，不急不躁地道："我喜欢配着番茄酱吃。"

　　"都跟你说过没有啦！"乔治一下子爆了，"只要没有什么，你就偏偏哭着喊着要什么。全能的上帝啊，我要是只有一个人的话，日子该过得多么轻省。我可以去找个活儿干，什么麻烦都不会有，什么糟心事儿都不会有，等到了月底，我就拿着我那五十块钱到城里去，想要什么就买什么。说起来了，我都可以找家妓院去过夜。我想上哪儿吃就去哪儿吃，管它是旅馆还是饭馆，想吃什么，只要他娘的叫得上名目的，只管让他们往上端。而且他娘的每个月都能来上这么一回。买上一加仑威士忌，到台球房里玩个牌打个球，想干吗就干吗。"伦尼跪在地上，隔着篝火望着大发脾气的乔治，吓得面色苍白。"看看我现在有什么？"乔治继续怒不可遏地道，"只有你这么个东西！你连一份工作都保不住，带累得我也没一份工作能干得下去。害得我就像只丧家犬一样整天价到处乱窜。这还不算，最糟的你还要闯祸。你干出坏事来，还得我把你捞出来。"他越说声音越高，几乎要大喊大叫了。"你这个白痴狗杂种。你害得我麻烦不断，整天不得安生！"他故意做出一副小姑娘扭捏作态的模样，"'我只是想摸摸那姑娘的裙子——只是想像爱抚老鼠一样摸摸她的裙子。'说得好听，她又怎么能知道你只是想摸摸她的裙子？她拼命往后躲，你可好，就像抓住只老鼠一样拽住她不放。直到她号叫起来，咱们只得跑到一条灌溉水渠里躲了整整一天，因为有一大帮人到处逮咱们，直到天都黑了才总算从他们那地界逃了出来。一年到头总是这样——一年到头没个完！真巴不得把你跟一百万只老鼠一起放到个笼子里，让你玩个够！"他的怒气突然间消失了。他隔着篝火看到了伦尼万分痛苦的脸，他有些愧疚地低头看着那跳动的火苗。

天已经很黑了，不过那篝火照亮了周围的树干和头顶上弯曲的树枝。伦尼慢吞吞、小心翼翼地绕着火堆爬过去，一直爬到乔治身边，然后跪坐在脚跟上。乔治把罐头盒转了转，让另一面朝着火。他假装不知道伦尼已经来到了他身边。

"乔治。"他异常轻柔地叫道。没有应声。"乔治！"

"你想干吗？"

"我刚才是说着玩儿的，乔治。我根本不想吃番茄酱。就算我手边有番茄酱，我也不吃。"

"要是有的话，你可以吃啊。"

"我就是不吃，乔治。我把它全都留给你。你可以在豆子上抹上厚厚的一层，我连碰都不会碰。"

乔治仍旧愠怒地盯着篝火。"一想到如果没有你我会过得多开心，我就气得发疯。跟你在一起我一刻都不得安生。"

伦尼仍旧跪坐着。他转头望着河对岸黑黢黢的夜色。"乔治，你真希望我走开，留下你一个人吗？"

"你能有什么鬼地方可去？"

"呃，我有的。我可以到那边的山上去。我总能在什么地方找到个山洞的。"

"是吗？那你吃什么？你会发现什么吃的都弄不到。"

"我会弄到的，乔治。我不需要吃那种配着番茄酱的好东西。我就躺在地上晒太阳，没有人会伤害我的。我要是找到一只老鼠，我就养着它。没有人会从我手里拿走的。"

乔治用探究的目光迅速地看了他一眼。"我很不厚道，是不是？"

"你要是不要我了，我就到那山上去找个山洞。我随时都可以走。"

"不——你瞧，我刚才是跟你说着玩儿的，伦尼。我愿意跟你待在一起。不让你养老鼠是因为你总是弄死它们。"他顿了顿，"跟你说说我的打算吧，伦尼。一有机会我就给你弄一条小狗，也许你不会把它给弄死。小狗可比老鼠强多了，你可以更使劲儿地爱抚它。"

伦尼没有上钩，他感到自己已经占得了上风。"你要是不要我了，你直说就是了，我就到那边的山里面去，一个人过。我不会让人把我的老鼠偷了去的。"

乔治说："我愿意跟你待在一起，伦尼。耶稣基督啊，你要是一个人住在山里面，人家准会把你当一头郊狼给开枪打死的。不行，你就得跟我在一起。你姨妈克拉拉不会乐意看到你一个人跑掉的，就算是她已经死了。"

伦尼很有心机地说："那你得跟我说说——就像从前说过的那样。"

"说什么？"

"说说兔子。"

14

乔治厉声道："你休想跟我耍花招。"

伦尼央求道："说说嘛，乔治。跟我说说。求你啦，乔治。就像你从前说过的那样。"

"你听上瘾了，是不是？好吧，我就跟你说说，然后咱们就该吃晚饭了……"

乔治的嗓音低沉了下去。他很有节奏地重复着他的话语，仿佛他之前已经讲过无数次了。"像咱们这样在农场上卖力气的，是这个世上最孤单的可怜人了。他们没家没口。他们没有个归属的地方。他们来到一家农场上，刚赚到一点血汗钱，马上就拿到城里去糟蹋光，然后又拖着沉重的脚步来到另一个农场。他们这辈子都甭想有什么指望。"

伦尼高兴了起来。"就是——就是这么回事。现在说说咱们是什么样儿。"

乔治继续往下说。"咱们可不是这样。咱们有奔头。咱们有在乎咱们的人，能跟他说说心里话。咱们不会因为没有别的地方可去，就只能到酒馆里把钱给挥霍光。他们那些别的人要是关进了监狱，就是烂在里面也没有一个人在乎。咱们可不是这样。"

伦尼插话进来。"咱们可不是这样！为什么呢？因为……因为我有你照应我，你有我照应你，就因为这个。"他高兴得嘿嘿直笑。"继续说呀，乔治！"

"你都背下来啦。你自己就能说。"

"不，你说。有些地方我记不全。你说说咱们往后会怎么样。"

"好吧。有朝一日——咱们把钱凑到一起，咱们就能买一所小房子，买几亩地，买一头奶牛、几头猪，咱们就——"

"咱们就靠种地过日子！"伦尼喊道，"还要养兔子。继续往下说，乔治！说说咱们在园子里种什么，笼子里的兔子什么样儿，冬天下起了雨怎么办，暖和和的炉子什么样，还有牛奶上头那层奶油有多厚，简直拿刀子都切不开。说说这些，乔治。"

"你干吗不自己说？你全都知道啊。"

"不……还是你说。我说就不一样啦。继续往下说……乔治。说说我怎么照看那些兔子。"

"好吧，"乔治道，"我们会种一大片菜园子，我们会养一笼兔子还有好多只鸡。冬天要是下起雨来的话，咱们就说去他娘的，不干活儿啦，咱们就在炉子里生起一炉火，围坐在火炉边听着雨水滴落在屋顶上——唉，痴心妄想！"他掏出小折刀。"我没工夫瞎胡说了。"他把刀子插进一个豆子罐头，把罐头盖锯开以后递给伦尼，然后他又开了第二听。他从侧袋里摸出两把匙子，把其中一把递给伦尼。

他们坐在篝火旁，嘴里塞满豆子大嚼起来，有几粒豆子从伦尼的嘴角漏了出来。乔治用手里的匙子比画着让他留意。"等明儿老板问你问题的时候，你该怎么回答？"

伦尼停止咀嚼，把嘴里的豆子咽了下去。他显出全神贯注的神色。"我……我……什么都不说。"

"好小子！真不赖，伦尼！你也许还能变得机灵点儿呢。等咱们有了那几亩地以后，我可以让你负责照看兔子。要是你的记性都像今天这样，我觉得没问题的。"

伦尼自豪得都透不过气来了。"我记得住。"他说。

乔治又用匙子打了个手势。"听好喽，伦尼。我要你把这个地方好好地瞧一瞧。你能记得住这个地方，是不是？农场离这儿只有四分之一英里路，顺着河就能走到。"

"当然啦！"伦尼道，"我能记得住。我不是已经记住了什么话都不说了吗？"

"一点儿没错。可是你听我说，伦尼——如果你不巧又像以前那样闯了祸，我要你马上就跑到这儿来，藏在那片矮树丛里。"

"藏在那片矮树丛里。"伦尼慢吞吞地道。

"在矮树丛里藏好，一直等到我来找你。你能记得住吗？"

"当然能，乔治。在矮树丛里藏好，等着你来。"

"话是这么说，可是你不能再闯祸啦，因为你要是再犯，我就不让你照顾那些兔子了。"他把手里的空罐头盒扔到了矮树丛里。

"我不会再闯祸的，乔治。我什么话都不说。"

"好吧。把你的铺盖卷儿拿到篝火旁边来，在这儿睡一觉肯定很舒服，可以望着天空和树叶。别再往里添柴火了，让它烧完了就得了。"

他们在沙岸上铺好铺盖，随着火苗逐渐熄灭，火光映照的范围也越来越小；那些弯曲的树枝已经看不见了，在微弱的光线中只有树干的形状影影绰绰地显现出来。伦尼在黑暗中叫道："乔治——你睡着了吗？"

"还没呢。你想干吗？"

"咱们养不同颜色的兔子吧，乔治。"

"没问题。"乔治睡意昏昏地道，"红的，蓝的，还有绿的，伦尼，养它个几百万。"

"毛茸茸的，乔治，就像我在萨克拉门托[1]的集市上看到的那样。"

"没问题，毛茸茸的。"

"要不然我也可以到山上去，乔治，就住在一个山洞里。"

"你下地狱去吧。"乔治道，"闭上嘴睡觉。"

木炭上的红光暗淡了下去。河对岸的小山头上有一头郊狼开始哀

---

1 萨克拉门托，美国加利福尼亚州首府。——译者注，下同。

声号叫，引起河这边一条狗的吠叫。

美国梧桐的树叶在轻柔的夜风中喃喃低语。

二

　　农场上的简易宿舍是个长方形的建筑。屋内的四壁用石灰水粉刷
过，地板没有上漆。三面的墙上各有一扇小小的方形窗户，第四面墙
上是一道结实的门扇，带有木头门闩。靠墙摆放着八个铺位，其中有
五个铺上了毯子，剩下的三个床铺上露着粗麻袋布的床垫套子。每一
个铺位上都钉了个口朝外的苹果箱子，这就形成了一个两层的木搁架，
上面可以放一些铺主的私人物品。这些架子上已经搁满了各种零碎的
小物件：肥皂、爽身粉、剃须刀，还有那些农场的工人们顶喜欢看的
西部杂志，对上面登的那些内容他们表面上嗤之以鼻，实则暗地里信
以为真。架子上还有装梳子和一些药片、药水的小药瓶，箱子两侧的
钉子上还挂着几条领带。一面墙的靠墙位置有个黑色的铸铁炉子，烟
囱竖直往上穿过天花板。屋子的中央摆着一张大方桌，上面乱扔着几
副纸牌，桌边摆着几个摞在一起的空木箱，供打牌的人坐。

　　上午十点钟左右，太阳透过一扇窗户射进一道明亮的、尘土飞扬

的光柱，苍蝇就像疾驰的流星，在光束中冲进冲出。

木头门闩抬了起来。门开了，一个弓腰驼背的高个儿老头走了进来。他一身蓝色牛仔服，左手拿着把大扫帚。跟在他身后进来的是乔治，乔治身后跟着伦尼。

"昨儿晚上老板就等着你们啦！"那老头儿道，"今儿早上你们没来得及出早工，可把他给气坏了。"他用右胳膊一指，可是袖口里伸出来的却不是手，而只是一节手腕，光溜溜的就像一根圆棍儿。"你们俩就睡那两张床吧。"他指着挨着炉子的那两个铺位。

乔治走过去，把行李卷往当床垫用的麻袋布的草垫子上一扔。他朝自己那个木箱搁板上看了看，拿起一个黄色的小罐子。"瞧瞧。这他妈是什么玩意儿？"

"不知道。"那老头儿道。

"上面写着'杀灭虱子、蟑螂和其他害虫有奇效'。你们给我们睡的到底是他妈什么床啊。我们可不想招上阴虱。"

老勤杂工把扫帚往胳膊肘下面一夹，伸出手去接过那个小罐子。他仔细研究了一下上面的标签。"你听我说——"他最后道，"原先睡这个铺位的是个铁匠——一个顶呱呱的好人，而且是我见过的最爱干净的。吃完饭以后都要洗手。"

"那他怎么会招上虱子的？"乔治的火气不禁越来越大。伦尼把他的铺盖卷儿放在相邻的床铺上，坐在铺上大张着嘴巴不错眼地望着乔治。

"你听我说。"老勤杂工道，"原先住这儿的那个铁匠——他叫惠蒂，是那种就算没有臭虫也要撒一圈药粉的人——纯粹是为了以防万一，明白吗？你听我说说他干的那些事儿吧——吃饭的时候，煮熟的土豆他都要剥皮，但凡是有个小黑点儿，也不管那是不是坏了，他都要挖掉以后才往嘴里送。鸡蛋上要是有个小红点子，他都要把它给刮掉。

最后就是因为这儿吃的不合意，他才辞的工。他就是那种人——特别爱干净。到了礼拜天，就是哪儿都不去，他都要穿戴齐整，还要打上领带，然后就在这宿舍里面干坐着。"

"我可不大信。"乔治怀疑地道，"你说他是因为什么辞的工？"

那老头儿把那个小黄罐子塞进衣兜里，用指关节擦了擦他那粗硬的白色络腮胡子。"因为什么……他……他就那么撂挑子不干了，现在还不都这样。说是因为伙食不好。就是想挪个地方罢了。除了说伙食以外没说别的原因。有天晚上就说了句'不在这儿浪费时间啦'，现在还不都这个德行。"

乔治把床垫套子掀起来，看了看下面。又弯下腰来，仔细审视了一番那个床垫。伦尼马上也站起来，学样儿检查了一遍他的床铺。最后乔治像是满意了。他打开行李卷，把东西放到搁架上：一把剃刀和一块肥皂，一把梳子和一瓶药片，一瓶擦剂和一副皮腕带。然后铺好毯子，把床铺整理得整齐利落。那老头儿道："我猜老板马上就会到这儿来。他见你们今儿早上没到这儿，可是气得够呛。我们正在吃早饭的时候，他闯进来嚷嚷，'那俩新来的死哪儿去啦？'然后又把马房的小黑骂了一顿。"

乔治把床上的一道皱褶拍打平整，坐了下来。"把马房的小黑骂了一顿？"

"可不是嘛。你知道那马房的工人是个黑鬼。"

"黑鬼，嘿？"

"是呀。不过是个好人。脊梁骨被马给踢坏了，成了个驼子。老板一上了火就拿他来撒气。不过他一点都不在乎。他平常爱看书。他屋里摆了不少书。"

"老板是个什么样的人？"乔治问道。

21

"呃，是个非常好的人。有时候也会发脾气上火，不过是个非常好的人。我跟你说——知道他圣诞节那天干了什么吗？他把一加仑威士忌直接送到这里来，说：'痛痛快快地喝吧，小伙子们。一年不就这一次圣诞节嘛。'"

　　"真他妈够劲儿！整整一加仑？"

　　"没错儿，先生。耶稣啊，我们玩得可真痛快。那天晚上他们把那个黑鬼也叫了进来。那个叫史密蒂的小车把式要跟那黑鬼干一架。他的身手也相当了得。大家伙儿不许他用脚踢，结果那黑鬼就打赢了。史密蒂说，要是他能用脚踢的话，他准能要了那黑鬼的命。大家伙儿就说，既然黑鬼的脊梁骨被踢坏了，史密蒂也就不能用脚踢。"他停了片刻，有滋有味儿地咂摸着这段往事。"把酒喝光了以后，大家伙儿就又都去索莱达狂欢鬼混了一夜。我没去。我可没那个精力啦。"

　　伦尼这时刚铺好床铺。那木头门闩又升了起来，门开了。一个矮壮男人站在敞开的门口。他穿蓝色牛仔裤，法兰绒衬衣，黑色的背心敞着怀，外面一件黑色外套。两个大拇指插在皮袋里，大拇指中间是个方形的精钢皮带扣。头戴一顶脏了吧唧的斯泰森毡帽[1]，脚蹬挂着马刺的高跟皮靴，说明他不是个卖力气的农场工人。

　　那老勤杂工飞快地瞥了他一眼，然后一边用指关节摩挲着络腮胡，一边躲躲闪闪地朝门口蹭过去。"他们俩刚到。"他说了句，从老板身边蹭过去，出了门。

　　老板迈着粗腿男人特有的那种又小又快的步子走进屋里。"我给莫里和雷迪招聘公司写信说我今儿早上需要两个工人。你们带了工作证啦？"乔治把手伸进口袋里，摸出那两张纸条，递给了老板。"这不

1　斯泰森毡帽，美国西部牛仔戴的一种阔边高顶毡帽，由美国制帽商约翰·斯泰森（1830—1906）设计制造，以自己的姓氏作为这种帽子的注册商标。

是莫里和雷迪的错儿。纸条上明明写着你们今儿早上就该上工的。"

乔治低头看着自己的脚。"但那汽车司机把我们给耍了。"他说，"我们走了足有十英里地。说我们已经到了，其实根本没到。一大早的我们又没有便车可以搭。"

老板把眼睛眯缝起来。"呃，这么一来，我今儿上午的收粮队里可就短了两名装运工。现在赶了去也没啥用了，只好等吃了饭再说吧。"他从口袋里掏出一本工时记录簿，翻到夹着一支铅笔的那一页。乔治皱起眉头朝伦尼使了个眼色，伦尼点了点头表示明白。老板舔了舔铅笔尖。"你叫什么？"

"乔治·米尔顿。"

"你呢？"

乔治道："他叫伦尼·布高[1]。"

两个名字都记到了本子上。"我来看看，今儿是二十号，二十号中午。"他合上本子，"你们原来在哪儿干活来着？"

"北边威德那儿。"

"你呢，也是？"

"是，他也是。"乔治道。

老板带点玩笑意味地用手指着伦尼。"他不大爱说话，是不是？"

"可不是嘛，不过他可是个干活儿的好手。壮得跟头牛一样。"

伦尼暗自微笑。"壮得跟头牛一样。"他学舌道。

乔治冲他皱了皱眉，伦尼因为自己又忘了绝不开口的约定，羞愧地垂下了头。

老板突然道："听着，布高！"伦尼抬起了头。"你都能干什么活儿？"

1　伦尼的姓氏是"Small"，意为"矮小"，但他十足是个大块头，下文还有针对他的这一姓氏开的玩笑，故此处权且译为"布高"，谐音"不高"。

伦尼惊慌之下，看着乔治向他求援。"你叫他干什么都成。"乔治道，"他是个好车把式。他能扛粮包，会开中耕机。他什么都能干。不信你试试他。"

老板转向乔治。"那你干吗不让他自己回答呢？你想隐瞒什么？"

乔治朗声打断了他的话："哦，我没说他有多机灵。他脑子不大好使。可我得说他干活儿确实是个呱呱叫的好把式。他一个人能扛四百磅的大包。"

老板煞有介事地把那小本子揣回到兜里。他把大拇指往腰带里一插，一只眼睛眯缝得都快闭上了。"说实话——你耍的什么花招？"

"嗯？"

"我说你想从他身上得到什么好处？把他的工钱都刮走？"

"不，当然不是。你为什么以为我会盘剥他呢？"

"呃，我从没见过有谁肯为了另外一个人操这么多闲心的。我只想知道你图的到底是什么。"

乔治说："他是我的……表弟。我向他妈保证过要照看他的。他小的时候脑袋让马给踢了一脚。他什么都好，就是脑子不大好使。不过你让他干什么他都干得了。"

老板把头转过一半来。"呃，上帝知道搬运大麦包用不着脑子多好使。可是给我听好喽，你休想藏着掖着的，米尔顿。我会盯着你的。你们为什么不在威德干了？"

"活儿干完啦。"乔治毫不迟疑地道。

"干的什么活儿？"

"我们……我们挖污水池来着。"

"好吧。可是休想藏着掖着，因为毕竟纸里包不住火。耍小聪明的我见得多啦。吃过饭后就跟收粮队一起出去干活儿。他们正在脱粒机那儿收大麦。你们跟着斯利姆那个组。"

"斯利姆?"

"没错。大高个儿的车把式。吃饭的时候你就会见到他了。"他猛地转身朝大门走去,不过在出门前又回过头来细细地打量了他们俩好半天。

等他的脚步声完全听不到了,乔治就朝伦尼发起火来。"你不是什么话都不说吗?你不是要把你那张大嘴闭起来让我来说吗?该死的差点儿把咱们的差事都给砸了。"

伦尼绝望地看着自己的手。"我忘啦,乔治。"

"是呀,你忘啦。你总是忘,我就得给你擦屁股,打圆场。"他沉重地往床铺上一坐,"现在他已经盯上咱们啦。现在咱们一定得小心谨慎,一点岔子都不能出。往后你可要把你那张大嘴巴闭闭紧。"他愁眉苦脸地不作声了。

"乔治。"

"你又想干吗?"

"我脑袋没让马踢过,是不是,乔治?"

"要是真被踢过倒他妈好了。"乔治恶狠狠地道,"省了别人多少麻烦。"

"你刚才说我是你表弟,乔治。"

"呃,那是瞎话。也幸亏他妈的是瞎话。我要是有你这么个亲戚的话,我还不如一枪崩了自己算啦。"他猛然间打住话头,几步跨到门口朝外一看。"咦,你他妈的在偷听什么?"

老头儿慢吞吞地走进屋里。他手里拿着扫帚,身后紧跟着一条拖拉着腿脚的老牧羊犬,灰色的鼻吻,已经瞎了的苍白的老眼。那条狗一瘸一拐地挣扎到屋角,趴下来,一边轻声打着呼噜,一边舔他那千疮百孔的灰白的皮毛。老勤杂工一直看着他安顿下来以后才说："我没偷听。刚才我只是在阴凉地里给我的狗挠痒痒。之前我刚把洗涤间打扫干净。"

"你刚才正伸长了驴耳朵掺和我们的事儿呢。"乔治道，"我可不喜欢任何人管我们的闲事儿。"

老头儿心神不安地看看乔治又看看伦尼，然后又看看乔治。"我刚来到门口。"他说，"你们说的什么我一句都没听到。再者说，不论你们说什么我也不想听。在农场上干活儿的人从来不偷听，也从来不打听。"

"不打听就对啦，"乔治道，口气稍稍平缓了一点，"除非他不想干下去了。"嘴上虽还是这么说，老勤杂工的辩解已经让他放了心。"进屋来歇一会儿吧。"他说，"这狗真他妈老得不像样啦。"

"是呀。我从小把他养大的。上帝啊，他年轻的时候可真是条好样儿的牧羊犬。"他把扫帚倚在墙上，用指关节摩挲着颊上的白胡子茬。"你觉得老板人怎么样？"他问。

"挺不错。感觉还行。"

"他是个好人。"老勤杂工同意道，"你可别对他有什么偏见。"

正在这时，一个年轻人走进了简易宿舍；这个年轻人棕色面皮、棕色眼睛，一头卷得很紧的鬈发，身材瘦小。他左手戴了只劳保手套，跟老板一样，脚蹬一双高跟皮靴。"看见我家老头子了吗？"他问。

勤杂工说："他刚才还在这儿，柯利。应该去厨房了，我猜。"

"我这就去找他。"柯利道。他的目光从那两个新来的人身上扫过，然后停住了。他冷冷地瞥了一眼乔治，然后又瞥了一眼伦尼。他的胳膊肘慢慢弯曲起来，两只手握成了拳头。他把全身紧绷了起来，重心前倾，稍稍有些下蹲。他的眼神一边在算计，一边在挑衅。伦尼被他看得局促不安，紧张地挪动着两只脚。柯利轻手轻脚地靠近他。"你们就是老头子等着的那两个新来的？"

"我们刚到。"乔治道。

"让这个大个子说。"

伦尼窘迫地扭动着身体。

乔治道："他要是不想说呢？"

柯利滴溜溜转过身来。"凭着基督起誓，我要是问他，他就得说。你他妈瞎掺和什么呢？"

"我们是一块儿来的。"乔治冷冷地道。

"哦，原来是这么回事。"

乔治既紧张戒备，又不动声色。"没错儿，就是这么回事。"

伦尼无助地看着乔治，看他有什么指示。

"你不让那大个子说话，是不是？"

"他要是愿意，他就会说。"他轻轻朝伦尼点了点头。

"我们刚到。"伦尼轻声道。

柯利逼视着他。"好吧，下次问你的时候，你就得回答。"他转身朝门口走去，出了门，胳膊肘还略微弯着。

乔治眼看着他出去，回过头去对老勤杂工说。"咦，他妈的这家伙到底什么毛病？伦尼又没惹着他。"

老头儿小心翼翼地朝门口看了看，确定没有人偷听。"他是老板的儿子。"他悄声道，"柯利身手相当敏捷，他在拳击场上很有些名头的。他是个轻量级，身手敏捷。"

"他身手敏捷他的。"乔治道，"他干吗平白无故找伦尼的碴儿。伦尼又没惹着他。他干吗跟伦尼过不去？"

老勤杂工斟酌了好一会儿。"好吧……你听我说。柯利就像很多

27

小个子一样。他恨大个子。他平常专找大个子的碴儿。就仿佛因为他不是个大个子，所以见着大个子就来气一样。你也见过这样的小个子吧，总是争强好斗？"

"当然。"乔治道，"这种凶狠的小个子我见得多了去啦。可是这位柯利最好别看错了伦尼。伦尼的身手并不敏捷，可这个废物要是惹毛了伦尼，他可是要倒大霉啦。"

"呃，柯利的身手相当敏捷。"老勤杂工有些怀疑地道，"这事儿我从来就搞不懂。假设说柯利偷袭一个大个子，并且把他打败了，大家伙儿都会说柯利是个多么勇猛的伙计。假设他被大个子给打败了，大家伙儿又该说那大个子应该挑个同样身量的对手，不该欺负小个子，没准儿大家伙儿还会联合起来对付那个大个子。我从来都搞不懂这事儿。看起来倒像是柯利总能立于不败之地似的。"

乔治一直盯着门那儿看。他带着不祥的预感道："喔，他对伦尼可是最好要留点神。伦尼不是个拳击手，可是伦尼力气过人，速度又快，而且伦尼可不懂拳击场上的那些规矩。"他走到那个方桌前，在其中一个木箱上坐下来。他把一些纸牌拢到一起，开始洗牌。

老头儿在另一个木箱上坐下。"我说的这些可千万别告诉柯利。他会把我给炒了鱿鱼的。他根本不拿这当回事儿。他是不会被开掉的，因为他的老头子就是老板。"

乔治把牌切好，开始一张张把牌翻开，看过以后扔在一边，另成一堆。他说："这个柯利在我听来就是个狗娘养的坏种。我可不喜欢黑心的小个子。"

"在我看来他这些日子变得更坏了。"老勤杂工道，"他结婚刚几个礼拜。老婆就住在老板家里。好像柯利结婚以后变得更不知道自己姓啥啦。"

乔治哼了一声："也许是做给老婆看的。"

老勤杂工的闲磕牙越来越起劲了。"你看到他左手戴的那只手套了吧？"

"是的。我看到了。"

"呵呵，那手套里涂满了凡士林。"

"凡士林？干什么用？"

"呃，我来告诉你——柯利说，他把那只手保养得细皮嫩肉的是为了他老婆。"

乔治专心致志地研究着手里的牌。"说出这种话来真他妈肮脏下流。"他骂道。

老头儿放心了。他已经从乔治嘴里引出了一句贬损的骂人话。他现在感觉安全了，于是就说得越发大胆了起来。"你等着瞧瞧柯利那老婆的骚样儿吧。"

乔治又重新切了一次牌，慢慢悠悠、从容不迫地玩起了单人牌戏。"很美喽？"他漫不经心地问道。

"是的。很美……不过——"

乔治研究着自己的牌。"不过什么？"

"呃——她老跟人眉来眼去的。"

"是吗？结婚才几个礼拜就开始跟别人眉来眼去啦？这也难怪柯利老像是热锅上的蚂蚁一样坐立不安啦。"

"我看到她冲着斯利姆抛媚眼来着。斯利姆是个顶呱呱的车把式，是个响当当的好人。斯利姆在收粮队里可不需要穿高跟靴子。我看到她给斯利姆抛媚眼了。柯利是个睁眼瞎，什么都看不见。我还看到她跟卡尔森眉来眼去的。"

乔治装作不感兴趣的样子。"看来咱们有的好戏瞧了。"

老勤杂工从他坐的木箱子上站起来。"知道我是怎么想的?"乔治没搭碴儿。"喔,我想柯利娶的是个……婊子。"

"他不是头一个。"乔治道,"把婊子娶回家的多了去啦。"

老头儿朝大门走去,他那条老狗抬起头眯起眼睛费力地看了看,然后痛苦地挣扎着爬起来跟上去。"我得去给工人们准备脸盆去了。收粮的几队人马就快回来了。你们俩是来搬运大麦的吗?"

"对。"

"你不会把我说的这些话告诉柯利吧?"

"当然不会。"

"那好,你好好看看她,先生。你自己看看她是不是个婊子。"他出了门,走进明亮的阳光中。

乔治满怀思虑地把手里的牌往桌子上放,一下翻开三张。他把四张梅花放在爱司的那摞牌上。那块四方形的阳光现在照到地板上了,苍蝇就像火星子一样从中飞掠而过。外面响起挽具的叮当和负担沉重的车轴发出的吱嘎声。远处传来一声清晰的喊叫。"马房的小黑——嘿,马——房的小黑!"然后是,"那该死的黑鬼死哪儿去啦?"

乔治紧盯着他已经摆好的牌,然后猛然间把纸牌全都混在了一起,转身面向伦尼。伦尼正躺在床上看着他。

"听我说,伦尼!这儿的这碗饭可不是好吃的。我有些怕。柯利那家伙准会找你的麻烦。这种人我可是见过的。他刚才那是在试探你呢。他觉得你已经怕了他了,他肯定一找到机会就会挥拳揍你的。"

伦尼的眼神变得畏缩起来。"我不想惹麻烦。"他可怜巴巴地道,"别让他揍我,乔治。"

乔治站起来,走到伦尼的床铺前,挨着他坐下来。"我最讨厌这种狗杂种了。"他说,"这种人我见得多啦。就像那老家伙说的,柯利根本不会冒任何风险，赢的总是他。"他思考了一会儿。"他要是当真来纠缠你，伦尼，咱们就要被解雇的。在这上面千万别犯浑。老板可是他爹。听着，伦尼，你尽量躲得他远远的，成不成？一句话都别跟他说。他一进这间屋你就远远地躲到另一头去。你能做得到吗，伦尼？"

"我不想惹麻烦。"伦尼悲哀地道，"我决不去招惹他。"

"呃，要是他瞎逞能硬要跟你打，你不去招惹他也没用。你别搭理他就是了。记住了吗？"

"当然了，乔治。我一句话都不跟他说。"

收粮队离得越来越近，声音越来越响，巨大的马蹄踩在硬地上咚咚地响，还有车闸制动的吱嘎声和挽绳链子的叮当声。收粮工人们相互间大声地叫喊呼应。乔治挨着伦尼坐在床铺上，眉头紧锁地在思索。伦尼怯生生地问："你没生气吧，乔治？"

"我不是跟你生气。我气的是那个狗杂种柯利。我原希望咱们能一起在这儿攒点钱的——也许能攒个一百块。"他的语气变得坚决起来，"你离那个柯利远远的，伦尼。"

"我保证，乔治。我一句话都不跟他说。"

"别上了他的当——可是——要是那个狗娘养的真敢动手——那就活该让他倒霉。"

"倒什么霉，乔治？"

"算了，算了。到时候我再告诉你。我最讨厌的就是这种人了。听着，伦尼，你要是闯了祸，还记得我跟你说过的话吗？"

伦尼用胳膊肘撑起身体。他的脸因为苦思冥想都扭曲了起来。然后，他的眼睛难过地转向乔治的脸。"要是我闯了祸，你就不让我照顾兔子啦。"

"不是这个。你记得昨儿晚上咱们睡觉的地方吗？就在河边？"

"是的。我记得。哦，我当然记得！我就跑到那儿，藏在矮树丛里。"

"藏在那儿等我去找你。别让任何人看见你。藏在河边的矮树丛里。再说一遍。"

"藏在河边的矮树丛里，藏在河边的矮树丛里。"

"要是你闯了祸。"

"要是我闯了祸。"

外面传来一声车闸的刺耳尖叫。一个人大喊："马房的——小黑。哎！马——房的小黑。"

乔治说："跟自己多说两遍，伦尼，千万不要忘啦。"

两个人都抬起了头，因为门口那块长方形的太阳光被挡住了。一个姑娘正站在那儿朝里望。她嘴唇丰满，涂得血红，一双间距很宽的眼睛，妆画得很浓。她的指甲都涂了蔻丹。头发烫成了一嘟噜一嘟噜的小卷儿，活像是香肠。她身上是一件家常穿的棉布裙，脚上趿拉着一双红拖鞋，鞋面上饰有红色的鸵鸟毛。"我来找柯利。"她说。她声音尖利，带点儿鼻音。

乔治的目光从她身上移开，然后又返回来。"他刚才在这儿，不过已经走了。"

"哦！"她把手背在身后，靠在门框上，这么一来她的身体就向前撑了起来，"你们俩就是新来的吧？"

"是。"

伦尼的目光从上到下把她打量了个遍，她虽然像是并没有朝伦尼那儿看，却有些傲慢地稍稍昂起头收了收下巴。她看着自己的手指甲。"柯利有时候会到这儿来。"她解释道。

乔治生硬地说："可他现在不在。"

"他要是不在这儿，我只好去别的地方找找了。"她开玩笑地道。

伦尼不错眼地看着她，被她迷住了。乔治道："我要是见到他，会跟他说你在找他。"

她调皮地微微一笑，扭动着身体。"谁也不能埋怨我找人吧。"她道。她身后传来了脚步声，有人来了。她扭过头去。"嗨，斯利姆。"她道。

斯利姆的声音传进门里。"嗨，美人儿。"

"我在找柯利呢，斯利姆。"

"呃，看来你没有好好地找。我看见他刚刚回家去啦。"

她突然有些不安起来。"再见啦，小伙子们。"她冲着屋里叫了一声，匆忙离开了。

乔治回过头来看着伦尼。"耶稣啊，真是个荡妇！"他说，"柯利给自己挑的老婆原来是这么个货色。"

"她很美。"伦尼替她辩解道。

"是呀，她唯恐人家不知道呢。有的柯利受了。我敢打赌，给她二十块钱她就会跟人跑了的。"

伦尼仍旧盯着她刚才靠过的门口。"天哪，她可真美。"他艳羡不已地微笑着。乔治低头飞快地看了他一眼，然后揪住他一个耳朵来回摇晃他。

"给我听好喽，你这个白痴狗杂种。"他凶狠地道，"以后再也不许你看那个婊子一眼。我不管她说什么做什么。我以前见识过她们这种祸害，可我还从没见过比她更坏的害人精。你躲得她远点儿。"

伦尼竭力把耳朵挣脱出来。"我什么也没干呀，乔治。"

"是呀，你是没干。可是她刚才站在门口把大腿露出来的时候，你的眼珠子都快掉出来啦。"

"我从来都没想着要做坏事的，乔治。我从来都没有恶意。"

"好啦，反正你给我离她远一点儿，因为她就是个捕鼠夹，我绝没看错。让柯利背黑锅去吧。他是心甘情愿，自作自受。手套里涂满了凡士林。"乔治满怀厌恶地道，"我敢打赌他不但吃生鸡蛋[1]，还邮购壮阳药呢。"

伦尼突然大声喊了起来——"我不喜欢这个地方，乔治。这不是个好地方。我想离开这儿。"

"这得等咱们攒下点钱来以后再说。这也没办法，伦尼。只要攒下点钱来，咱们立马就走。我也跟你一样不喜欢这地方。"他回到桌前，又重新摆了一次牌。"没错儿，我是不喜欢。"他说，"有了一点钱，我就立马走人，我要到美利坚河上游淘金子去。在那儿咱们一天说不定能挣上一两块钱，咱们兴许能赚上一大笔钱呢。"

伦尼急切地朝他靠过去。"咱们走吧，乔治。咱们离开这儿。这地方很差劲。"

"我们得留下。"乔治不耐烦地道，"快给我闭嘴。那些工人就要进来啦。"

从旁边的洗涤间里传来哗哗的流水声和脸盆的碰撞声。乔治注视着手里的牌。"也许咱们也该去洗洗。"他说，"不过咱们也没干什么脏活累活儿。"

有个大高个儿站在门口。他胳肢窝底下夹着一顶揉皱了的斯泰森毡帽，正往脑后梳着又长又黑的湿头发。像其他人一样，他也穿着蓝色牛仔裤和一件短牛仔夹克。梳理好头发以后他朝屋里走的时候，那气度唯有王族贵胄和工匠大师才能具备。他是位赶牲口的好手，农场上的王侯，能把十头、十六头，甚至二十头骡子赶成一字长蛇阵。他能用一条赶牛鞭把辕马屁股上的苍蝇抽死，鞭梢都不会碰到牲口。他

1　民间认为生吃鸡蛋可以提高性能力。

的举止和仪态当中带有一种深沉的庄严和平静，只要他一开口，大家都会噤声。他一言九鼎，不论是有关政治还是爱情，什么话题大家都以他的意见为准。这就是斯利姆，赶牲口的好手，车把式的领袖。他那张刀砍斧砸般棱角分明的脸上看不出年龄。他也许三十五，也许已经五十岁了。他听话听音，不须言传就能意会；他言谈徐缓，有弦外之音，不但充满思想，而且隐含着超越于思想之外的深切同情。他的手大而纤瘦，动作就像寺庙里的舞者一样雅致优美。

他把揉皱了的帽子捋捋平，在帽顶的中央捏出一道褶痕，戴到头上。他亲切友善地看着简易宿舍里的两个人。"外面实在太他娘的亮啦。"他温和地道，"一到了这里面什么都看不见了。你们俩就是新来的？"

"刚到。"乔治道。

"扛大麦吗？"

"老板是这么说的。"

斯利姆在乔治桌子对面的木箱上坐了下来。他端详着桌上摆的倒置的纸牌。"希望你们能加入我那一组。"他说。他的嗓音非常温和。"我那组里有一对废物，根本不知道大麦包该怎么扛。你们俩扛过大麦吗？"

"见鬼，扛过。"乔治道，"我自己倒是没什么好吹嘘的，不过那边那个傻大个儿，他一个人扛的分量比大部分一帮一的两个人都多。"

伦尼的眼珠子之前一直在说话的这两个人之间来回转动，听到这句夸他能干的话以后心满意足地笑了。斯利姆听到乔治这么夸他的同伴，也赞许地看了看他。他俯身冲着桌面，捻了一下一张落单的纸牌的一角。"你们俩是搭伴儿一起走南闯北的？"他的语气非常友好。这语气自然而然地赢得了对方的信任。

"可不是嘛。"乔治道，"我们俩等于是相互照应。"他用大拇指指了一下伦尼。"他脑子不大好使。可真他妈是个干活儿的好手。也真他妈是个好人,可他脑子不大好使。我认识他可是有年头了。"

斯利姆的目光越过乔治,看着远处。"一起走南闯北的人可不多。"他沉思道,"我不知道为什么。也许是因为在这整个该死的世界上,每个人彼此之间都相互害怕。"

"跟一个你认识的人一起走南闯北比你孤身一人要好多啦。"乔治道。

一个孔武有力、大腹便便的男人走进了简易宿舍。因为刚刚洗过头,脑袋上还在往下滴水。"嗨,斯利姆。"他打了个招呼,然后停下脚步直盯着乔治和伦尼。

"这两位是新来的。"斯利姆介绍道。

"很高兴认识你们。"那大块头道,"我叫卡尔森。"

"我叫乔治·米尔顿。这位是伦尼·布高。"

"很高兴认识你们。"卡尔森又说了一遍,"他可不能算'不高'啊。"他因为自己的这句玩笑话轻声咯咯一笑。"他可真不算是'不高'。"他又重复道。"我是想问问你,斯利姆——你那只母狗怎么啦?今儿早上我没见她在你大车底下趴着呀。"

"她昨儿夜里下崽儿了。"斯利姆道,"下了九个。我当即淹死了四个。她喂不活那么多。"

"还剩五个,嗯?"

"对,五个。我把最大的几个都留下了。"

"你觉得他们会是些什么狗?"

"不知道。"斯利姆道,"有可能是牧羊犬,我猜。她发情的时候,我在附近见到的大部分都是牧羊犬。"

卡尔森继续道:"还有五个,嗯。都想留下来养大吗?"

"不知道。总得养一阵子,他们也好把露露的奶水都吃了。"

卡尔森若有所思地道:"呃,你听我说,斯利姆。我一直在想,坎迪的那条狗实在他娘的太老了,老得都快走不动啦,而且还臭气熏天。每一回他一进这个简易宿舍,那个气味两三天都散不尽。你干吗不让他把那条老狗开枪打死,给他一只小狗养呢?他那条狗的臭气我隔着一英里都闻得到。牙都没了,他娘的都快瞎了,吃不进东西去。坎迪得喂他牛奶,别的什么都嚼不动。"

乔治一直都心无旁骛地注视着斯利姆。外面突然响起了击打三角铁的叮当声,起先很慢,然后越来越快,直到汇成一片响声。然后就停了,就跟一开始敲响一样突然。

"该吃饭啦。"卡尔森道。

外头有一阵一大帮男人走过的喧闹声。

斯利姆颇有尊严地慢慢站起身。"你们俩最好趁着还有吃的赶快去。要不了几分钟就什么都不剩了。"

卡尔森后退一步,让斯利姆走在前头,两个人走出了房门。

伦尼满怀兴奋地瞅着乔治。乔治把他的那副牌胡乱划拉成一堆。"行啦!"乔治道,"我听见啦,伦尼。我会问他的。"

"我要一只褐色和白色相间的。"伦尼兴奋地叫道。

"走吧,咱们先吃饭去。我还不知道他有没有褐色和白色相间的呢。"

伦尼赖在床上不动。"你马上就去问他,乔治,别再让他把剩下的小狗也淹死啦。"

"我保证。现在走吧,从床上下来。"

伦尼一骨碌从床上爬起来,他们俩朝门口走去。刚走到门口,柯利突然冒了出来。

"你们见到一个姑娘了吗?"他怒气冲冲地问。

乔治冷冰冰地道："大概半个钟头以前。"

"她到底来这儿干吗？"

乔治站住脚，望着这个怒气冲冲的小个子。他态度傲慢地道："她说——她来找你啊。"

柯利就像是头一次真正看清楚了乔治似的。他的目光上上下下地打量着乔治，比量了一下他的身高，估摸了一下两人之间的距离，最后落在他那匀称的腰身上。"是吗，那她朝哪个方向走啦？"最后他问道。

"不知道。"乔治道，"我没瞧见。"

柯利怒视了他一眼，转过身，急急忙忙地出去了。

乔治说："你知道，伦尼，恐怕连我自己都会跟这个狗杂种动起手来的。我对他真是恨得牙痒痒。耶稣基督！走吧。去晚了一样东西都不会给咱们留下的。"

他们走出房门。阳光只剩下窗户底下窄窄的一条了。能听见远处传来杯盘的碰撞声。

过了一会儿，那条老狗一瘸一拐地穿过敞着的房门进了屋。他用已经半瞎的温顺的目光四周打量了一下。他抽抽鼻子嗅了嗅，然后就把脑袋搁在爪子上躺了下来。柯利又一次跳进门来，站在门口往里面观瞧。老狗把头抬起来，柯利突然跑出去以后，他那灰白色的脑袋又趴回到了地面上。

三

虽然还有傍晚的亮光从简易宿舍的窗户透进来，里面已经是若明若暗了。从敞开的大门外时不时传来扔马蹄铁游戏的砰砰声和哐当声，还有此起彼落的叫好声和嘲骂声。

斯利姆和乔治一起走进越来越暗的简易宿舍。斯利姆伸手将牌桌上头罩着铁皮灯罩的电灯扭亮。桌子马上被照得雪亮，圆锥形的灯罩将灯光径直投射下来，但屋子的四角仍旧处在昏暗中。斯利姆在一只木箱上坐下，乔治坐在他对面。

"这不算什么。"斯利姆道，"要不然我也得把大部分小狗都淹死。用不着为了这个谢我。"

乔治道："对你来说也许不算什么，可是对他来说可就大了去啦。耶稣基督啊，我都不知道怎么才能把他弄回到这儿来睡觉了。他一心就想跟他们睡在牲口棚里。不让他跟那些小狗一起挤在那个狗窝里都要费老鼻子劲儿。"

"这不算什么。"斯利姆重复道,"说起来啦,你说得一点都没错。他脑子也许不大好使,我可是从来都没见过力气这么大的工人。他差点儿没把跟他一起扛活儿的搭档给累死,根本就没人能跟上他的节奏。万能的上帝,我从没见过这么壮的伙计。"

乔治的话语中带着骄傲。"不管你让伦尼干什么,他都能干得很好,只要不用他自己琢磨算计就行。他自己是什么活儿都不知道要干的,可是他绝对听人使唤。"

外面传来马蹄铁套进铁桩子上的哐当声,还有少许喝彩声。

斯利姆往后靠了靠,这样灯光就不会照到他脸上了。"你居然跟他一起搭伴儿,也真挺奇怪的。"这等于是斯利姆跟他交心的不动声色的邀请。

"这有什么好奇怪的?"乔治带着防卫性的语气问。

"哦,我也说不好。两个人一起走南闯北的本来就很少见。我几乎从没亲眼见过两个人一起搭伴儿闯荡的。你也知道现在这些打零工的都是怎么回事,他们跑了来,占下个床铺,干上个把月,然后就辞活儿,一个人走了。看起来对谁都不关心。看到他这么个傻子跟你这么个聪明人搭伴儿走南闯北,是让人觉得有点儿奇怪的。"

"他可不是傻子。"乔治道,"他是有些笨戳戳的,可是他可不傻。而且我也没那么机灵,要不然我也不会为了五十块钱外加食宿来扛大麦包了。我要是机灵,我要是但凡算得有一点儿聪明,我早该有了自己的一小块地,为自己收庄稼了,不像现在这样什么活儿都干,可是地里的收成都是人家的。"乔治突然沉默了下来。他其实还想往下说。斯利姆则既不表示鼓励也不阻拦。他就那么静静地靠后坐着,洗耳恭听。

"也没那么奇怪,他跟我一起搭伴儿出来闯荡。"乔治最后道,"他跟我都出生在奥本[1]。我从小就认识他姨妈克拉拉。他是他姨妈从小一手抚养大的。他姨妈克拉拉死了以后，伦尼就跟我搭伴儿出来到处找工作了。我们俩很快也就习惯成自然啦。"

"嗨——"斯利姆道。

乔治看了一眼斯利姆，发现他那双平静如水、庄严如神般的眼睛正注视着自己。"说来滑稽。"乔治道，"我原本总是不停地拿他来寻开心。经常捉弄他，因为他笨戳戳的，根本就不会照顾自己。他笨到连别人在捉弄他都浑然不觉。我可开心啦。跟他在一起，显得我甭提多聪明啦。老天爷，我真是叫他干什么他都会去干。我就算是叫他从悬崖上跳下去，他都不会有二话的。过了不多久，这事儿可就没那么好玩儿啦。他也从来都不为了这种事生气上火。我把他给揍得屁滚尿流，他伸出手来就能把我浑身的骨头全都给捏碎，可是他从来连一根手指头都不朝我伸。"乔治的声音当中带上了忏悔的语调。"告诉你后来是什么让我不再捉弄他了吧。有一天，有一群人正站在萨克拉门托河岸上的时候，我为了耍聪明显本事，就转身对着伦尼说，'跳进去。'他马上就跳进去了，而他连狗刨都不会。我们好歹把他拖上来的时候他都快淹死了。他还因为我把他救上岸对我感激得不得了，反倒把是我叫他跳进去的事儿忘得一干二净。唉，打那以后，我就再也不那样对待他了。"

"他是个好伙计。"斯利姆道，"做一个好伙计不需要太聪明。在我看来，有时候倒是恰恰相反。一个真正精明的人是很难成为好人的。"

乔治把散放在桌上的牌堆成一垛，开始摆他的单人牌戏。外面是马蹄铁砰砰地砸在地上的闷响。几扇窗户那儿，傍晚的微光仍旧将方

1　奥本，萨克拉门托东北部的一个城市，距其约有三十五英里远。

形的窗扇映得有些发亮。

"我没有亲人。"乔治道,"我眼看着在各个农场找饭辙的全都是孤身一人。这可不好。他们的日子过得没有乐趣。慢慢的,他们都会变得小肚鸡肠,变得好勇斗狠起来。"

"没错,他们变得小肚鸡肠。"斯利姆同意道,"小肚鸡肠到不愿意跟任何人说话的程度。"

"当然,伦尼在大多数情况下都是个该死的累赘。"乔治道,"可是在你习惯于跟这么个人走南闯北以后,你也就再也撇不下他啦。"

"他可不小肚鸡肠。"斯利姆道,"我看得出来,伦尼一点都不小肚鸡肠。"

"他当然不小肚鸡肠。可是他总是闯祸,因为他真他妈太迟钝啦。就像是在威德出的那档子事儿——"他突然打住了话头,把一张牌翻到一半的时候突然硬生生打住了话头。他显得有些惊慌,抬眼仔细端详着斯利姆。"你不会告诉任何人吧?"

"他在威德干了什么?"斯利姆心平气和地问。

"你不会告诉……不,你当然不会告诉别人的。"

"他在威德干了什么?"斯利姆再次问道。

"呃,他看到一个穿红裙子的姑娘。像他这样的笨蛋狗杂种,不管是他喜欢的什么东西,他都想伸手摸一摸。只不过就想摸一摸而已。所以他就伸出手去摸那件红裙子,那姑娘吓得吱哇乱叫,这么一来反倒把伦尼给搅糊涂了,除了拉住那裙子不撒手以外,他根本就不知道如何是好了。喔,那姑娘就扯起嗓门来一迭声地鬼哭狼嚎。当时我离得不远,听到那号叫以后就赶紧往那儿跑,到了那个时候,伦尼简直给吓蒙了,就知道死死地扯住那裙子不放。我抄起一根篱笆桩子狠狠地敲了一下他的脑袋,让他赶快撒手。他就是因为太害怕了才抓住不放的。而且你也知道他的力气有多大。"

斯利姆依然是不动声色，眼睛一眨不眨。他非常缓慢地点了点头。
"后来怎么样了？"

乔治仔细地一张张摆着他的牌。"呃，那姑娘一溜烟儿跑到警察
那儿说她被强奸了。威德那儿就纠结起一帮人来要把伦尼逮住私刑处
死。我们俩就只得藏到一条灌溉水渠的水里面，一直蹲到晚上。只把
脑袋从水渠的一边伸出来。当天夜里我们赶紧从那个地方逃了出来。"

斯利姆默然无语地坐了一会儿。"他没把那姑娘怎么着吧，嗯？"
他最后问道。

"该死，没有。他就是把她给吓坏了。他要是拉住我不放，我都
会害怕的。但是他一点都没把她怎么着。他就是想摸摸那条红裙子，
就跟他老是想爱抚那些小狗一样。"

"他不是个坏人。"斯利姆道，"我隔着一英里远就分得出好赖
人来。"

"他当然不是个坏人，而且他什么都肯做，只要我——"

伦尼这时走了进来。他把他的蓝色牛仔布上衣像斗篷一样披在肩
上，猫着腰从他们身边绕了过去。

"嗨，伦尼。"乔治道，"现在你喜不喜欢那条小狗啊？"

伦尼上气不接下气地说："他是褐色和白色相间的，就跟我想要
的一模一样。"他径直走向他的铺位，躺下来，转身面朝着墙壁，把
膝盖曲了起来。

乔治煞有介事、不慌不忙地把手里的牌放下。"伦尼！"他厉声叫道。

伦尼扭过脖子，从肩膀上方看着他。"嗯？什么事啊，乔治？"

"我跟你说过不能把小狗带进宿舍里来的。"

"什么小狗啊，乔治？我可没带小狗啊。"

乔治快步走到他跟前，抓住他的肩膀把他翻了个个儿。他弯下腰，一把就把伦尼贴着肚子藏着的小狗揪了出来。

伦尼马上坐起来。"把他给我，乔治。"

乔治道："你给我起来，马上把这只小狗送回到窝里去。他必须得跟他妈妈睡在一起。你是想害死他吗？昨儿夜里才生下来，你现在就把他从窝里弄了出来。赶紧把他给送回去，要不然我就跟斯利姆说，不让他把这只小狗给你啦。"

伦尼求恳地伸出双手。"把他给我吧，乔治。我这就把他送回去。我没想要伤害他，乔治。我真的没这个意思。我只想爱抚爱抚他的。"

乔治把小狗递还给了他。"好吧。你马上把他送回去，而且再也不许把他带出来啦。要不然你会害死他的，你必须明白这一点。"伦尼忙不迭地跑出了房间。

斯利姆没有动弹。他平静的目光尾随着跑出房间的伦尼。"耶稣啊！"他说，"他可真像个孩子，是不是？"

"他就像个孩子。而且他也像个孩子毫无害人之心，只不过他力气实在太大。我敢打赌今儿晚上他都不会回来睡觉啦。他就会睡在牲口棚里的狗窝旁边。呃——随他去吧。反正他待在那儿也不会碍任何人的事儿。"

外面差不多全黑了。勤杂工老坎迪进了屋，朝他的铺位走去，那条老狗艰难地跟在他后头。"哈啰，斯利姆。哈啰，乔治。你们俩都不去玩儿掷马蹄铁吗？"

"我不高兴天天晚上都玩儿。"斯利姆道。

坎迪继续道："你们两位谁有点威士忌吗？我肚子疼。"

"我没有。"斯利姆道，"我要是有的话自己早就喝光了，而且我肚子也不疼。"

"肚子疼得厉害。"坎迪道，"就是那该死的萝卜给害的。没吃以前我就知道它们会害得我肚子疼的。"

膀大腰圆的卡尔森从正在黑下来的院子里走了进来。他走到简易宿舍的另一头，把第二盏带着灯罩的电灯给扭亮了。"这儿比地狱里还要黑。"他说，"耶稣啊，那个黑鬼马蹄铁扔得可真叫准。"

"他是扔得不错。"斯利姆道。

"扔得真他妈准。"卡尔森道，"有他在那儿，别人谁也甭想赢——"他停下来，抽了抽鼻子，使劲闻了闻，低头看到了那条老狗。"万能的上帝，这条狗臭死啦。把他从这儿弄出去，坎迪！这世上再没有比一条老狗更臭不可闻的啦。你必须把他弄出去。"

坎迪把身子翻到床边。他伸出手来拍了拍那条老狗，抱歉道："我一直跟他相依为命，都从来闻不出他有多臭。"

"喔，他在这儿我可受不了。"卡尔森道，"他那臭味儿，他离开以后都不散。"他步履沉重地几步跨过去，低头看着那条狗。"牙都没了。"他说，"还有风湿病，浑身的关节都僵了。他对你是一点用都没有了，坎迪。对他自己也是一样。你干吗不开枪打死他呢，坎迪？"

老人很不自在地扭动着身体，局促不安地说："可是——该死！我养了他这么多年啦，把他从小养到大。他帮着我一起放过羊。"他骄傲地道："你别看他现在这个样子，他当初可是我这辈子见到过的最好的牧羊犬。"

乔治道："我在威德见到过一个人养的艾尔谷猎犬都会帮着牧羊。跟别的狗学的。"

卡尔森并没有被这个话头岔开。"你听我说，坎迪。这只老狗就纯属活受罪。你要是把他带出去，对准他脑袋正后方——"他弯下腰去指着那个部位，"——就是这儿，给他一枪，他还不知道怎么回事

45

儿就一了百了啦。"

坎迪不高兴地四周望了望。"不成。"他柔声道，"不成，我不能这么做。这么多年来我一直都跟他相依为命。"

"他这么活着一点乐趣都没有。"卡尔森坚持道，"而且他真是臭得要死。要不这么着吧，我替你把他给打死。你也就不用亲自动手了。"

坎迪把腿从床上伸下来。他心神不宁地搔着脸颊上的白胡子碴儿。"我跟他相依为命地生活惯了。"他柔声道，"我把他从小养到大。"

"呃，你让他这么活着对他可是并不好。"卡尔森道，"你听我说，斯利姆的母狗刚下了崽儿。斯利姆肯定愿意送你一只小狗养的，是不是，斯利姆？"

这位赶牲口的行家里手一直用平静的目光审视着那条老狗。"是呀。"他道，"你要是想要我就给你一只。"他像是费了好大的劲儿才说出下面这番话来。"卡尔说得对，坎迪。那条狗活得也没什么意思了。到我老得都走不动了的时候，我倒希望有人能一枪崩了我。"

坎迪无助地望着他，因为斯利姆的意见就是法律。"也许他会觉得疼呢。"他提出，"我不介意照顾他的呀。"

卡尔森道："我这么给他一枪，他一点感觉都不会有的。我就把枪口对准这儿。"他用脚趾指着那个地方。"就在后脑勺上。他都来不及哆嗦一下就完事儿啦。"

坎迪用哀恳的目光挨个儿看着每一个人。这时候外头已经差不多完全黑了。一个年轻的劳工走了进来。他那溜肩膀往前弓着，脚后跟着地，步履非常沉重，就仿佛还扛着无形的粮包一样。他走向自己的铺位，把帽子放在他自己的小搁架上。然后他从架子上拿起一本廉价低俗杂志，把它拿到桌边的灯光底下。"我给你看过这个吗，斯利姆？"他问道。

"看过什么？"

那年轻人翻到杂志的封底，放在桌子上用手指着。"就在这儿，念念。"斯利姆俯身去看。"念呀！"那年轻人道，"大声念出来。"

"'亲爱的编辑，'"斯利姆慢慢念道，"'你们的杂志我已经阅读了整六年啦，我认为这是市面上最好的杂志。我喜欢彼得·兰德写的那些故事。我认为他是位一等一的作家。再多登一些像《黑暗骑士》这样的故事吧。我不怎么写信。我只想告诉你们，我认为你们的杂志是我花一毛钱买到的最值的东西。'"

斯利姆有些狐疑地抬头看了看他。"你让我念这个干吗？"

惠特道："继续念。念念底下的署名。"

斯利姆念道："'祝你们成功，威廉·坦纳。'"他又抬头瞟了惠特一眼。"你让我念这个干吗？"

惠特郑重其事地合上那本杂志。"你不记得比尔·坦纳啦？大约三个月前在这儿干过活儿的？"

斯利姆想了想……"小矮个儿？"他问，"开中耕机的？"

"就是他！"惠特叫道，"就是那伙计！"

"你认为这封信是他写的？"

"就是他。有一天比尔跟我一起待在屋里，比尔拿着一本刚到的杂志。他一边翻一边说：'我给他们写过一封信。不知道他们有没有登在这一期上！'不过那一期没登。比尔就说：'也许他们是留着后面几期登。'他们居然当真给登出来啦。就是这封信。"

"应该是这么回事。"斯利姆道，"这一期果然登出来了。"

乔治朝那本杂志伸出手来。"让我看看成吗？"

惠特又找到那个地方，可是他并没有撒手。他用食指指了指那封信。然后他走到自己的搁架前，把那本杂志小心地放了进去。"不知道比尔自己有没有看到。"他说，"比尔当初跟我一起在那块豌豆地里

47

干过活儿。我们俩都开中耕机。比尔可真他妈是个好人。"

卡尔森自始至终都没有参与这几个人的交谈。他继续低头看着那条老狗。坎迪惴惴不安地望着他。卡尔森最后道："你要是愿意，我马上就能让这个老东西脱离苦海，一了百了。他活着还有个什么劲儿？不能吃，看不见，走两步都浑身疼。"

坎迪满怀希望地说："你可没有枪呀。"

"谁说我没有枪？我有一把卢格尔[1]。他一点都不会觉得疼。"

坎迪说："也许明天吧。咱们等到明天再说吧。"

"我看没这个必要。"卡尔森道。他走到他的铺位，从铺底下拉出一个提包，从里面拿出一把卢格尔手枪。"咱们这就把这事儿给解决了吧。"他说，"他在这儿这么臭气熏天，我们都睡不好觉了。"他把那把手枪塞进了屁股后的兜里。

坎迪朝斯利姆看了好一会儿，切盼着事情还能有所转机，可是斯利姆一声没言语。最后坎迪绝望地柔声道："好吧——带他去吧。"他没有低头看那只狗一眼。他仰躺在床上，把胳膊交叉起来枕在脑袋下面，盯着天花板。

卡尔森从口袋里掏出一根小皮带。他弯下腰来把它系在老狗的脖子上。除了坎迪以外，大家都看着他。"来呀，孩子。过来，孩子。"他柔声道。他又对坎迪抱歉地道："他一点感觉都不会有的。"坎迪一动没动，一声没吭。他猛地拉了一下那条皮带。"走吧，孩子。"那只老狗慢吞吞、直僵僵地站起来，听话地跟着那条轻轻地拉着他的皮带。

斯利姆道："卡尔森。"

"嗯？"

1　卢格尔，德国产的一种半自动手枪商标名。

"你知道该怎么做。"

"什么意思，斯利姆？"

"带把铁锹。"斯利姆简短地道。

"哦，当然！我明白你的意思啦。"他把那只狗牵到了外面的黑夜里。

乔治跟到门口，把门关上，轻轻地把门闩插好。坎迪僵直地躺在床上，盯着天花板。

斯利姆大声道："我的一头领队的骡子有一只蹄子裂了，我得给它抹上点柏油。"他的声音逐渐变小。外头一片阒寂。卡尔森的脚步声已经消失了。那阒寂渗透进来，弥漫了整个房间。

乔治扑哧一笑："我敢打赌伦尼现在肯定跟他的小狗一起在牲口棚里待着呢。现在他有了自己的小狗，就连这屋子都不想进了。"

斯利姆道："坎迪，我那窝小狗你随便挑哪一只都成。"

坎迪没有搭腔。阒寂再次降临到屋内。它来自黑夜，侵入到屋内。

乔治道："有谁愿意来一局尤克[1]牌吗？"

"我跟你玩一会儿。"惠特道。

他们俩隔着桌子在灯光下相对落座，但乔治并没有洗牌。他心神不宁地用手指抚弄着整副牌的牌边，那轻微的嚓嚓声引来了屋里所有人的目光，于是他马上就住了手。阒寂再次降临到屋内。一分钟过去了，又一分钟过去了。坎迪静静地躺着，盯着天花板。斯利姆看了他一会儿，然后低头看着自己的双手；他用一只手压在另一只手上，把它控制住。从地板下面传来轻轻的咬啮声，大家全都心怀感激地低头观瞧。只有坎迪继续紧盯着天花板。

"听起来地板底下有只老鼠。"乔治道，"咱们应该在下面放个

---

1 尤克，一种取一副牌中二十四或三十二张大牌由两人至四人同玩的牌戏，以定王牌方在五墩中获得三墩以上为胜。

夹子。"

惠特忍不住了："卡尔森他妈的怎么这么费事儿？你磨蹭什么呢，干吗不发牌？照这个样子咱们可没法玩尤克牌。"

乔治把那副牌紧紧地摞在一起，仔细研究着反面的花纹。阒寂再次降临到屋内。

远处传来一声枪响。大家飞快地看了老人一眼。每个人的脑袋都转向他。

一度，他继续盯着天花板看。然后他慢慢地翻了个身，面朝墙壁一声不吭地躺着。

乔治闹哄哄地洗牌，然后发牌。惠特把记分板拉到面前，把记分用的得分牌摆好准备开始。惠特说："据我看来你们俩倒真是来干活儿的。"

"你这话什么意思？"乔治问。

惠特嘿嘿一笑。"呃，你们是礼拜五来的。要干上两天才到礼拜天呢。"

"我不明白你这是怎么算计的。"乔治道。

惠特再次嘿嘿一笑。"你要是在周围这些大农场里待得多了，就明白了。那些只打算逛着玩玩儿的，就专拣着礼拜六下午才到。他能吃到礼拜六的晚饭和礼拜天的三顿饭，等礼拜一吃完了早饭以后再走人，这样就连手指头都不用动一动了。可你们是礼拜五中午就跑了来的。这么一来，不论你们怎么算计，也都得干上一天半的活儿。"

乔治径直地盯着他的眼睛。"我们肯定要在这儿盘桓一段时间的。"他道，"我跟伦尼打算攒下点儿本钱。"

门悄没声地被推开了，马房的小黑把脑袋探了进来；一个瘦削的黑人脑袋，脸上布满苦痛的皱纹，一双逆来顺受的眼睛。"斯利姆先生。"

斯利姆把目光从老坎迪身上挪开。"嗯？哦！是你呀，克鲁克斯。有什么事吗？"

"您吩咐我给那头骡子的蹄子热点儿柏油。我已经热好了。"

"哦！可不是嘛，克鲁克斯。我这就去给他抹到蹄子上。"

"您要是愿意，我可以帮您去做，斯利姆先生。"

"不用啦。我还是自己去吧。"他站起身来。

克鲁克斯道："斯利姆先生。"

"嗯？"

"那个新来的大个子老是在牲口棚里逗弄您那窝小狗。"

"呃，他不会造成什么损害的。我把其中一只小狗给了他。"

"我只是觉得应该告诉您。"克鲁克斯道，"他把小狗从窝里掏了出来，一直在摸弄他们。这对他们可没好处。"

"他不会伤害他们的。"斯利姆道，"我这就跟你过去。"

乔治抬起头。"那个白痴狗杂种要是胡闹得不像话，你把他一脚端出来就是啦，斯利姆。"

斯利姆跟着马房的小黑走出了房间。

乔治在发牌，惠特把自己的牌拿起来仔细端详。"见过那个新来的雏儿了吗？"他问道。

"什么雏儿？"乔治问。

"咳，柯利新娶的老婆呗。"

"嗯，见识过了。"

"你说说看，她是不是个尤物呢？"

"我没怎么看出来。"乔治道。

惠特郑重其事地把手里的牌放下。"那么，你就把眼睛睁大点好好瞧瞧吧。肯定够你瞧的。她可是一点儿都不藏藏掖掖的。我还没见识过她这样的活宝呢。她一天到头，见了谁都跟你抛媚眼。我敢打赌她连那马房的小黑都不放过。我真不知道她到底想他娘的干吗。"

乔治漫不经心地问："她到了这儿以后出过什么乱子吗？"

很显然，惠特的兴致根本就不在牌上。他把一手牌一扔，乔治把牌都混在了一起。乔治又从容不迫地摆起了单人牌戏——先是七张牌，然后是六张，最上面摆五张。

惠特道："我明白你这话什么意思。还没，还没闹出过什么乱子。柯利的抽屉里可是放着黄色小药丸儿[1]呢，不过到目前为止仅此而已。凡是有男人的地方，她一准儿会出现。打着幌子说是找柯利或者是她觉得落在附近的什么东西，就好像她一时一刻都离不了男人似的。柯利就跟热锅上的蚂蚁一样坐立不安，不过到目前为止还没闹出什么乱子来。"

乔治道："她是肯定会弄得一团糟的。他们肯定会因为她闹出大乱子来的。她就是个枪子儿上了膛的害人精。那个柯利算是倒了八辈子血霉。住着这么多男人的农场可不是姑娘家待的地方，尤其是像她这样的女人。"

惠特道："你要是有什么想头，明儿晚上就该跟我们一道进城去逛逛。"

"为什么？去干吗？"

"也不过就是老一套。咱们到老苏茜的店里去。真他妈是个好地方。老苏茜可逗啦——专爱逗闷子说笑话儿。就比方说，上个礼拜六晚上，我们刚走上前门廊儿，她就开始了。苏茜打开大门，扭过头去喊了一嗓子：'快把衣裳穿上，姑娘们，警长大人来啦。'她可是从来都不作

1　黄色小药丸儿，俚语，指内装巴比妥类镇静剂的黄色胶囊。

兴冒脏字儿。她那儿有五个姑娘。"

"得花多少钱?"乔治问。

"两块五。两毛五可以喝上一杯。苏茜店里的椅子坐着也都很舒服。你要是不想在她那儿过夜,你可以就在那儿舒舒服服地坐着,喝上两三杯,消磨一天的时间,苏茜也不会放在心上的。她不会因为你不想过夜就巴不得你快点儿走,或者干脆把你撵出去。"

"倒是不妨去那个窑子里看看。"乔治道。

"那是。去吧。真他妈好玩儿极啦——她总爱说笑话逗乐子。就像她有一次说的,她说:'有的人呐,只要是地上铺上一小块破地毯,留声机上搁一个丘比特娃娃的小塑料灯,她就以为自己已经开上高等妓院啦。'她说的是克拉拉的窑子。苏茜还说:'我知道你们小伙子们喜欢什么。'她说:'我的姑娘们个个儿都是干干净净的。'她说:'而且我的威士忌里面可没有掺水。'她说:'你们里面要是有谁想去看看丘比特娃娃的塑料灯长什么样,不怕自投罗网、吃亏上当,你们知道该上哪儿去。'她还说:'你别说,咱们这儿还真有那些没眼力见儿的拐着两条罗圈腿走路[1],还不是因为他们上赶着去见识那盏丘比特娃娃的塑料灯嘛。'"

乔治问:"那另一家就是克拉拉经营的喽?"

"是的。"惠特道,"我们从不上她那儿去。在克拉拉那儿玩一次要三块钱,喝一杯要三毛五,而且她还从来都不会说笑打趣。而苏茜那地方干净,椅子坐着也舒服。她还从来不让那些假模假式的伪君子进门。"

"我跟伦尼想攒点老本儿。"乔治道,"我也许去那儿坐坐,喝上

---

1 暗示这些人染上了脏病。

一杯，不过我可不想花那两块五毛钱。"

"喔，一个男人有时候也得找点乐子才行。"惠特道。

门开了，伦尼和卡尔森一起走了进来。伦尼蹑手蹑脚地摸到他的铺上坐下来，尽量不想引起别人的注意。卡尔森伸手到床底下把提包拉出来。他没朝老坎迪那儿看，老爷子仍旧面壁躺着。卡尔森在包里找到一小根擦枪用的通条和一罐机油。他把它们放在床上，拿出手枪，把弹匣取出，从枪膛里把上了膛的子弹倒出来。然后他就开始用那根小通条来清理枪管。当退弹器啪的一声脆响时，坎迪翻过身来看了看他手里的那把枪，然后又翻过身去脸朝着墙。

卡尔森漫不经心地道："柯利来过了吗？"

"没有。"惠特道，"柯利又怎么啦？"

卡尔森眯起眼睛朝枪管里细瞧。"又找他老婆。我看见他正在外头四处打旋磨呢。"

惠特话中带刺地道："一天当中他倒有一半的时间到处找她，剩下那一半是那女人找他。"

柯利情绪激动地冲进屋里。"你们有谁看见我老婆了？"他问道。

"她没到这儿来。"惠特道。

柯利气势汹汹地打量了一下整个房间。"斯利姆到哪儿去了？"

"到牲口棚里去了。"乔治道，"他要给一只开裂的骡子蹄子补上点柏油。"

柯利的肩膀松弛了一下，马上又紧绷起来。"他去了有多久了？"

"五分钟——要么十分钟。"

柯利跳出房门外，砰的一声把门带上。

惠特站起身来。"我倒是想看看这个热闹。"他说，"柯利真是忘了自己姓啥了，要不然他也不会去单挑斯利姆啦。柯利身手敏捷，身手可他妈敏捷啦，打进过金手套奖的决赛。报道他比赛的消息他都剪下来存着呢。"他又细想了一下。"但还是一样，他最好还是别去招惹斯利姆。斯利姆到底有多大本事还真是谁都不知道。"

"他以为斯利姆跟他老婆在一起呢，是不是？"乔治道。

"看着像是。"惠特道，"斯利姆可不是那种人。至少我觉得斯利姆不是。不过要是真闹出什么热闹来，我倒是很想看看呢。走，咱们看看去。"

乔治道："我就在这儿待着。我什么事儿都不想掺和。伦尼和我只想攒点儿本钱。"

卡尔森把枪擦干净以后，放回到提包里，仍旧把提包推到床底下。"我想出去瞧瞧热闹去。"他说。老坎迪一动不动地躺着，伦尼在自己的床铺上小心翼翼地望着乔治。

惠特和卡尔森出去了，等门关上以后，乔治转身面向伦尼。"你脑袋里在转些什么呢？"

"我什么也没转呀，乔治。斯利姆说我最好别上赶着去摸那些狗崽子，斯利姆说那样对他们不好，所以我就进来了。我一直表现得都很好的，乔治。"

"我不是早就跟你说过嘛。"乔治道。

"呃，我可一点都没伤到他们。我只不过把我那一只放在大腿上爱抚爱抚。"

乔治问："你在牲口棚里看见斯利姆了吗？"

"当然看见了。他跟我说我最好别再摸那些狗崽子了。"

"你看见那个姑娘了吗？"

"你是说柯利的姑娘？"

"是呀。她到牲口棚里去了吗？"

"没有。反正我是没瞧见她。"

"你没看见斯利姆跟她说话吧?"

"呃——嗯。她没到牲口棚里去。"

"好吧。"乔治道,"我看他们是甭想看到打架了。要是有人打起来的话,伦尼,你千万躲得远远儿的。"

"我不想打架。"伦尼说。他从自己的铺位上站起来,在桌边坐下来,跟乔治面对面。乔治几乎是不由自主地就洗了洗牌,又摆起了单人牌戏。他这次摆得很慢,从容不迫,深思熟虑。

伦尼拿起一张有人头的牌,仔细看了看,然后把它倒了个个儿,又仔细看了看。"两头都一样。"他说,"乔治,为什么牌的两头都是一样的呢?"

"我不知道。"乔治道,"牌就是这么做的。你在牲口棚里看到斯利姆的时候,他在干吗呢?"

"斯利姆?"

"是呀。你在牲口棚里见到了他,他还跟你说别那么不住手地摸弄那些狗崽子。"

"哦,没错儿。他拿了一小罐柏油和一把刷子。我不知道他拿了来干吗。"

"你肯定那姑娘没有到牲口棚里去吗,就像她今天来这儿那样?"

"没,她没去。"

乔治叹了口气。"真不如到一个正正经经的妓院里去。"他说,"你随时可以进去,喝个酩酊大醉,一下子把自己的问题全都解决掉,干净利落,不会惹出任何麻烦。该付多少钱的账,你也知道得一清二楚。而这里的这种害人精,就等于是把监狱的大门打开了等着你进去呢。"

伦尼满怀钦佩地听着他这番话,还跟着他一起嚅动着嘴唇鹦鹉学舌。乔治继续道:"你还记得安迪·库什曼吗,伦尼? 咱们初中的同学?"

"他娘老给孩子们做热蛋糕吃的那个?"伦尼问道。

"对,就是他。只要跟吃的东西有关系的,你倒是都记得很牢。"乔治仔仔细细地看着摆好的牌。他把一张爱司放在计分的那摞牌上,又往上放了一张方块二、方块三和方块四。"安迪就因为一个婊子,现在还关在圣昆丁¹里面呢。"乔治道。

伦尼用手指敲了一下桌面。"乔治?"

"嗯?"

"乔治,多久咱才能弄到一个小农场,靠着土地的出产过活——还能养兔子?"

"我不知道。"乔治道,"咱们先得一起攒下一大笔本钱。我知道有个咱们能便宜买下来的小农场,可人家又不会白送给你。"

老坎迪慢慢地翻过身来。他两只眼睛睁得老大。他仔细地瞧着乔治。

伦尼说:"说说那个农场,乔治。"

"我跟你说过,就昨儿晚上。"

"说说嘛——再说一遍,乔治。"

"好吧,那地方有十英亩大。"乔治道,"有一架小风车。有一幢简陋的小房子,还有一个养鸡场。有个厨房,果园,樱桃树,苹果树,桃树,杏树,核桃树,还有莓子葡萄什么的。有一小片苜蓿地,水源也充足。还有一个猪圈——"

"还有兔子,乔治。"

"现在还没有养兔子的地方,不过我很容易就能搭几个兔笼子,你

---

1 圣昆丁,美国加州最古老的州立男子监狱,现已关闭。

可以用苜蓿喂兔子。"

"对极啦，我可以。"伦尼道，"你说得太他妈对啦，我绝对可以。"

乔治的手也不再摆弄扑克牌。他的声音也变得更加热情了。"咱们可以养几头猪。我可以像爷爷那样搭一间熏肉房，等咱们把猪宰了就可以熏制培根和火腿了，还可以再灌一些香肠。等到河里游来鲑鱼的时候，咱们可以抓上它一百条，用盐腌起来或者用烟熏了。咱们早饭就可以吃这个了。再没有比烟熏鲑鱼更好吃的东西啦。等收了水果咱们可以把它们装进罐头——还有西红柿，也很容易做成罐头。每一个礼拜天咱们都要宰一只鸡或是兔子。也许咱们还能再养头奶牛或是山羊，那乳脂浓得要命，你得拿把刀子才切得开，得用匙子才能舀出来。"

伦尼大睁两眼望着他，老坎迪也注意地看着他。伦尼轻声道："咱们就这么靠地里的出产过活。"

"那还用说。"乔治道，"园子里还有各式各样的蔬菜，咱们要是想喝点威士忌了，就卖点鸡蛋或者别的什么出产，或者卖点牛奶。咱们就舒舒服服地住在那儿。那地方就是咱们的。咱们就再也不用在这乡间到处跑来跑去，吃小日本厨子做的饭菜啦。不，先生，我们有属于自己的农场，再也不用睡简易宿舍啦。"

"再说说咱们的房子，乔治。"伦尼恳求道。

"那还用说，咱们有一幢小房子，每人都有自己的一间屋。有个胖肚子的小铁炉子，到了冬天就生上火。咱们的地不多，所以用不着拼命干活儿。每天也许就干六七个钟头。咱们用不着每天都扛十一个钟头的大麦包。等庄稼成熟了，嗬，咱们就到地里去收庄稼。咱们很清楚地里能打多少粮食。"

"还有兔子。"伦尼急切地道，"我就负责照看它们。说说我会怎么做，乔治。"

"那还用说，你会拿个口袋到苜蓿地里。你会装满一口袋苜蓿，把苜蓿放到兔笼里去。"

"它们就会一小口一小口地啃苜蓿，"伦尼道，"它们啃东西的样子我是看见过的。"

"每隔五六个礼拜，"乔治继续道，"它们就会下一窝崽儿，咱们就有好多兔子啦，吃也行，卖也行。咱们还要养几只鸽子，让它们绕着那风车飞，就像咱们小时候见过的那样。"他那全神贯注的目光越过伦尼的脑袋，望着墙上。"那都是咱们的地方，谁也不能解雇咱们。要是碰上个咱们不喜欢的家伙，咱们就可以说：'滚你妈的蛋！'而且老天在上，他还就得非滚不可。要是有个朋友来了，咱们还备着多余的床铺，咱们就说：'你干吗不留下来过夜呢？'老天在上，他也就会留下来过夜。咱们还要养一只塞特猎犬，两只狸花猫，不过你得看住那些猫，不要让它们把小兔子给咬死了。"

伦尼大口喘着粗气。"你让它们咬咬小兔子试试！看我不把它们的脖子给扭断。我要……我要用根棍子敲碎它们的脑袋。"他慢慢平息下来，嘟嘟囔囔地兀自说个不停，威胁着那些胆敢伤害将来的小兔子的猫儿。

乔治坐在那儿，沉迷于自己描绘的图景当中。

坎迪开口说话的时候，他们俩全都吓了一跳，就好像是在干什么坏事的时候被人逮了个正着。坎迪说："你们说的那种地方，你们知道在哪儿有吗？"

乔治马上就警惕起来。"就算我知道，"他说，"跟你有什么关系？"

"你也不用告诉我具体在哪儿。在哪儿都一样。"

"那还用说。"乔治道，"你这话没错。反正给你一百年你也找不着。"

坎迪继续兴奋地道："这么一个地方，买下来得多少钱？"

乔治满腹狐疑地打量着他。"呃——我花六百块钱就能买下来。那业主是个老头儿，已经是一个子儿都没有了，他老太婆又需要做手术。我说——这跟你有什么关系？你跟我们又非亲非故的。"

坎迪说："我就只剩下这一只手，还有多大用处？我那只手就是在这个农场上弄断的。也正是为了这个，他们才让我做这么个勤杂工。我弄断手的那会儿，他们给了我二百五十块，算是补偿。到了现在，我在银行里又多存上了五十块钱。一共是三百块，到这个月底我还能拿到五十块。实话跟你们说吧——"他急切地把身子朝前探过来，"我要是能跟你们合股的话，我就把我那三百五十块全投进来。我人是没多大用处啦，不过做做饭、喂喂鸡、锄锄园子我还是干得来的。你们觉得怎么样？"

乔治半闭着眼睛。"这我可得想一想。我们一直都打算就我们俩一起干的。"

坎迪忙不迭地插话进来："我会立个遗嘱，等翘辫子以后我那一股就全都留给你们俩，因为我连个亲戚什么的都没有。你们俩有多少钱？也许咱们现在就能把这件事给干成喽。"

乔治厌烦地朝地上啐了口唾沫。"我们俩只有十块钱。"然后他又若有所思地道："你听我说，要是我跟伦尼在这儿干上一个月，一个子儿都不花，我们就能攒下一百块钱。那就是四百五了。我敢打赌，这个数儿就能拿得下来了。然后你跟伦尼就先去那儿干起来，我再找个工作把剩余的钱数给凑齐，再说你们也能卖点鸡蛋什么的出产。"

他们陷入了沉默。他们相互看着，惊讶万分。这件他们从来都没敢真正相信过的事情居然正在成为现实。乔治满怀虔敬地说："耶稣基督啊！我敢打赌咱们准能拿得下来。"他的目光中充满了赞叹和惊奇。"我敢打赌咱们准能拿得下来。"他轻声重复道。

坎迪坐在铺沿上。他紧张不安地抓挠着他那手腕的残根。"我是四年前受的伤。"他说，"他们很快就会把我解雇的。一到了我连勤杂的活儿都干不动的时候，他们就会把我送到县里去。要是我把我的钱给了你们，就算是到了我没多大用处的时候，你们也许还能让我锄锄园子。我还能干点儿洗洗盘子、喂喂鸡这类的杂活儿。可我那就是待在自己家里，在自己的地里干活儿啦。"他苦恼地说："你们也看见他们今儿晚上是怎么对待我那只老狗的了吧？他们说他不论是对他自己还是对别人来说都已经毫无用处了。等到他们把我从这儿解雇的时候，我倒是情愿有人给我一枪。可是他们是不会那么干的。到了那时候，我就落得没有任何地方可以去，也找不到任何活儿干啦。等到你们准备辞活儿离开这里的时候，我还会有三十块钱的进项呢。"

乔治站起身来。"咱们能行。"他说，"咱们能把那个老式的小农场拾掇好，咱们就住到那儿去。"他又坐下来。他们俩一动不动地坐着，全都因为美妙的憧憬而心驰神往，每个人都仿佛已经置身于美好的未来中了。

乔治惊奇不已地道："想象一下，要是城里举行狂欢节，或者来了马戏团，或是有什么球赛，或者不定他妈的什么娱乐活动。"老坎迪点点头表示很欣赏这种想法。"咱们就凑热闹去。"乔治道，"咱们谁都用不着请示。就说一句，'咱们瞧瞧去，'咱们就能去。只要把牛奶挤好，给鸡扔一把谷子，抬脚就去了。"

"还要给兔子加些草料。"伦尼插嘴道，"我是决不会忘了喂它们的。咱们啥时候去买那个农场呢，乔治？"

"一个月后。不多不少整一个月后。知道我要怎么做吗？我要写封信给那对业主老夫妇，说咱们要把那农场买下来。坎迪可以先拿一百块钱出来当作定金。"

"绝对没问题。"坎迪道,"他们那儿有好用的炉子吗?"

"肯定好用,烧煤烧木柴都行。"

"我要把我的小狗也带上。"伦尼道,"我以基督的名义打赌他肯定会喜欢那儿的,以耶稣的名义。"

外面人语声渐近。乔治快速地道:"这事儿谁也别告诉。只限于咱们仨,严禁外传。他们可能会把咱们开除的,这样咱们可就攒不起本钱来了。咱们要表现得好像要扛一辈子大麦包一样,等到了时候,咱们一拿到工钱就抽冷子立刻离开这儿。"

伦尼和坎迪点了点头,高兴得嘴都合不拢。"谁都不告诉。"伦尼对自己道。

坎迪说:"乔治。"

"嗯?"

"我该自己动手的,乔治。我不该让外人开枪把我的狗打死。"

门开了。斯利姆走进来,后面跟着柯利、卡尔森和惠特。斯利姆的手上沾着乌黑的柏油,怒容满面。柯利紧贴着他的胳膊肘。

柯利说:"听我说,我没有任何别的意思啊,斯利姆。我不过就问你一声。"

斯利姆道:"是吗,你问我的次数也太多了吧。我真他妈烦透了。你要是连自己的老婆都看不住,你期望我该怎么做呢?你离我远点儿。"

"我只不过想告诉你,我没有任何别的意思。"柯利道,"我只不过以为你也许看到过她。"

"你干吗不告诉她老老实实地窝在自己家里呢?"卡尔森道,"你就让她整天在简易宿舍里厮混吧,你这可是自讨苦吃,要不了多久你就吃不了兜着走吧。"

柯利猛地转向卡尔森。"你少管闲事，除非你是想跟我到外头去过过招。"

卡尔森嘿嘿一笑。"你这个该死的废物点心。"他说道，"你一心想要吓唬斯利姆，可是瞎子点灯白费蜡。反倒让斯利姆把你给吓唬住啦。你那张小脸儿给吓得蜡黄，活像是癞蛤蟆的肚皮。我才不管你是不是全国最好的拳击手呢。你要是胆敢来惹我，看我不把你那王八脑袋给你踹下来。"

坎迪也开心地加入了围攻。"手套里全都是凡士林。"他满怀厌恶地说。柯利恶狠狠地瞪了他一眼。他的目光滑过去以后，停在了伦尼身上，伦尼仍旧因为憧憬着未来的农场而开心地微笑着。

柯利就像只小猎犬一样走到伦尼面前。"你他妈到底在笑什么呢？"

伦尼一脸茫然地望着他。"嗯？"

柯利的怒火终于爆发了。"来呀，你这个大个子狗杂种。你给我站起来。哪个狗娘养的傻大个都休想嘲笑我。我就让你们看看，到底是谁被吓得脸色蜡黄。"

伦尼无助地看着乔治，他站起身来想往后撤。柯利摆好了进攻的架势。他用左拳猛击伦尼，然后又用一记右拳打烂了伦尼的鼻子。伦尼惊恐地大叫一声，鼻子血流如注。"乔治！"他喊道，"别让他打我，乔治！"他一直退到墙根，身子靠墙，柯利步步紧逼，砰的又一拳打在他脸上。伦尼的胳膊软绵绵地垂在身体两侧，他吓坏了，都忘了要进行自卫。

乔治站直了身子大喊："揍他，伦尼。别让他打你。"

伦尼用他那两只巨掌捂住脸，吓得呜呜直叫。他喊道："快让他住手，乔治！"这时柯利已经开始攻击他的肚腹，让他没办法叫出声来。

斯利姆跳了起来。"不要脸的小老鼠，"他叫道，"看我亲自来收拾你。"

乔治伸出手来抓住了斯利姆。"少安毋躁。"他叫道。他把双手拢成个喇叭筒,大声喊道:"抓住他,伦尼!"

伦尼把手从脸上拿开,四顾找寻乔治,柯利趁机猛击他的眼睛。他那整张大脸上鲜血淋漓。乔治再次大喊:"我叫你抓住他。"

伦尼伸手去抓柯利的拳头时,他正挥拳要打。到了下一分钟,柯利已经像条被钓上来的鱼一样在那儿瞎扑腾了,他握紧的拳头已经消失在伦尼巨大的手掌中。乔治赶紧从屋子那头跑过来。"放开他,伦尼。赶紧放手。"

可是伦尼惊恐地看着那个挂在他手里瞎扑腾的小个子,毫无反应。血从伦尼的脸上直往下淌,他的一只眼睛被打伤了,已经睁不开。乔治一连扇了他好几个嘴巴子,伦尼却仍旧握着那个拳头不撒手。柯利已经是面色发白,缩成了一团,就连他的挣扎也已经变得越来越弱了。他的拳头完全消失在伦尼的巨掌之中,他站在那儿哭了起来。

乔治一遍又一遍地大叫:"放开他的手,伦尼。放开他。斯利姆,趁着这家伙的手还没全部废掉,赶快过来帮帮我。"

伦尼突然间撒了手。他畏缩地背靠墙壁蹲了下去。"是你叫我抓住他的呀,乔治。"他痛苦地道。

柯利一屁股坐在地板上,满怀惊奇地望着自己那只已被捏碎的手。斯利姆和卡尔森都围着他俯下身去查看伤情。然后斯利姆直起腰来,惊惧地打量了一下伦尼。"咱们得赶快送他去就医。"他说,"依我看来,他手上的每一块骨头全都被捏碎了。"

"我没想要伤他。"伦尼哭道,"我没想要弄伤他的。"

斯利姆说:"卡尔森,你去把载人的马车给套好。咱们得把他送到索莱达去找医生帮他包扎好。"卡尔森匆忙奔了出去。斯利姆转向正在呜咽抽搭的伦尼。"这不是你的错。"他说，"是这个废物阿飞自找的。可是——耶稣啊！他的手差一点就报销啦。"斯利姆匆忙出去，不一会儿用马口铁杯子端了一杯水回来。他把水送到柯利唇边。

乔治说："斯利姆，我们会不会被解雇啊？我们得攒钱啊。柯利他爹会不会把咱们给解雇了呀？"

斯利姆苦笑了一下。他挨着柯利跪下来。"你现在脑子还顶不顶用？能听清楚我说话吗？"他问道。柯利点了点头。"那好，你好好听着。"斯利姆继续道，"我认为你的手是让机器给轧碎的。只要你不跟别人说到底是怎么回事，我们也不会说。但你要是说出去了，还想借机把他给解雇喽，我们就告诉所有的人你有多怂包，然后你就等着被大家笑话吧。"

"我不说。"柯利道。他的目光回避着伦尼。

外面响起四轮轻便马车的车轮声。斯利姆把柯利扶起来。"走吧。卡尔森会送你去就医的。"他扶着柯利出了门。车轮的声音慢慢走远了。又过了一会儿，斯利姆才回到简易宿舍。他看了看伦尼——他仍旧畏畏缩缩地靠着墙根蹲在那儿。"让我看看你的手。"他说。

伦尼把手伸了出来。

"万能的基督，我可不想把你给惹急喽。"斯利姆道。

乔治插进来道："伦尼只是吓坏了。"他解释道："他不知道该怎么办才好。我跟你说过，谁都别去招惹他，千万别跟他动手。不对，我应该是跟坎迪说过这话。"

坎迪郑重地点了点头。"你是跟我说过。"他说，"就在今儿早上，柯利一见到你这位朋友就开始找他碴儿的时候，你说：'他要是知道好歹的话，就最好别来招惹伦尼。'你是这么对我说的。"

乔治转向伦尼。"这不是你的错儿。"他说，"你没必要再害怕了。

你都是照我说的做的。也许你最好还是先去洗涤间里洗洗脸吧。你看上去真是糟透了。"

伦尼咧开青肿的嘴唇破涕为笑。"我没想惹麻烦的。"他说。他朝门口走去，可是还没到门口就又转过身来。"乔治?"

"怎么啦?"

"我还能照看兔子吧，乔治?"

"那还用说。你没做错任何事情。"

"我没想要伤他的，乔治。"

"好了，快滚出去把脸洗洗干净吧。"

四

　　那个喂牲口的黑人克鲁克斯把他的床铺搭在了马具房里，就是靠牲口棚外墙搭建的一间斜顶的小棚屋。小棚屋里的一侧墙上有一扇四四方方的四格窗户，另一侧墙上，一扇狭窄的板门通向牲口棚。克鲁克斯的床铺就是一只填满了稻草的长木箱，他的铺盖就随便地乱扔在上头。靠窗的墙上钉着一排钉子，上面挂着正在修理的马具和新皮子裁成的皮条；窗户底下有个小长凳，上面摆着做皮具用的各种工具：刮皮子用的曲刃刀、针、一团团麻线，还有一台小型的手动铆钉机。钉子上还挂着些零七碎八的马具：一只裂开的马轭，里面填充的马鬃已经戳了出来，一根断裂的颈轭[1]，还有一条皮面已经裂开的挽绳链子。克鲁克斯也把一个装苹果的木箱子钉在床边的墙上，里面摆着一排药瓶子，既有他自己用的，也有给马用的。木箱里还放着几盒清洗马鞍

1　驾车时加在马颈上的两块曲木之一。

的肥皂和一罐有点漏的柏油，一把涂漆的刷子从罐口伸出来。地板上四面散放着好几样私人物品；这一是因为克鲁克斯是一个人独居，东西可以随意摆放，还因为他是负责照看牲口的，又是个瘸子，他比其他人在这儿待的时间都更长久，他也就积攒了更多的财物，多到他一个人都背不走了。

克鲁克斯有好几双鞋、一双橡胶靴子、一个大闹钟和一支单筒猎枪。他还有些书，包括一本破破烂烂的字典、一本已经残缺不全的一九〇五年加利福尼亚民事法典。他床边还专门有个木架子用来摆放破旧的杂志和几本色情小说。床头的一个钉子上挂着一副金边的大眼镜。

这间小屋经常打扫，相当干净，因为克鲁克斯是个自尊心很强、性情有些孤傲的人。他跟别人之间总保持一定的距离，也要求别的人同样地对待他。他的脊椎骨歪了，身体总向左前方弯着,他的眼窝很深，深陷在眼窝中的眼睛因此而显得更有光彩。他瘦削的脸上深深地刻着黑色的皱纹，两片薄薄的嘴唇总是因为疼痛而抿得很紧，唇色要比肤色浅一些。

时值礼拜六的晚上。通往牲口棚的那扇门开着，传进来马匹叩登、马蹄踢踏、咀嚼干草和挽绳链子叮当作响的声音。在喂牲口的住的那个小棚屋里，有一个很小的电灯泡发出昏暗的黄色灯光。

克鲁克斯坐在铺上。衬衣的后襟从牛仔裤里拖了出来。他一只手拿着一瓶擦剂，另一只手揉搓着自己的脊椎。他不时地往他粉红色的掌心里倒上几滴擦剂，把手伸进衬衣里面继续揉搓。他打着哆嗦收紧后背的肌肉。

伦尼悄没声地出现在敞着的门前，站在那里朝里观瞧，他那宽厚的肩膀几乎把门口堵了个严实。克鲁克斯有一度没有看见他，等到他一抬眼，他立刻就僵住了,脸上显出怒容。他把手从衬衣底下抽了回来。

伦尼不知所措地微笑着，试图表示友好。

克鲁克斯厉声道："你没有权利到我的房间里来。这是我的房间。除了我，谁都没权利进来。"

伦尼咽了口唾沫，笑容里讨好的意味更其浓厚了。"我什么也没干呀。"他道，"只是过来看看我的小狗儿。我看到你这儿亮着灯。"他解释道。

"哼，我有使用电灯的权利。你赶快从我的房间里出去吧。你们的宿舍不欢迎我，我的房间也不欢迎你。"

"为什么不欢迎你？"伦尼问。

"因为我是个黑人。他们在那儿打牌，可是我不能打，因为我是个黑人。他们说我身上臭。哼，我告诉你吧，我闻着你们身上才臭呢。"

伦尼不知所措地挥动着他那两只大手。"大家伙儿都进城去了。"他说，"斯利姆、乔治，大家伙儿全都去了。乔治说我得待在这儿，不让我出去惹麻烦。我看到你这儿亮着灯。"

"呃，那你想干什么呢？"

"不干什么——我只是看到你这儿亮着灯。我就想是不是能进来坐一会儿。"

克鲁克斯仔细打量着伦尼，他又伸手到背后把眼镜从墙上取下来，端端正正地在粉红色的耳朵上把眼镜腿戴好，再次仔细端详着伦尼。"我都不知道你跑到牲口棚里来干吗。"他抱怨道，"你又不是车把式。扛麦包的根本就没必要到牲口棚里来。你又不是车把式。你根本就用不着跟这些马打交道。"

"是小狗儿。"伦尼重复道，"我是来看我的小狗儿的。"

"那你就看你的小狗儿去好啦。别跑到不欢迎你的地方来。"

伦尼脸上的笑容挂不住了。他朝房间里走了一步，然后想起克鲁克斯刚才的话，又退了回去。"我看了他们一会儿。斯利姆说我不能摸起来就没个完。"

克鲁克斯说："可不是吗，你总是把他们从窝里给掏出来。我都奇怪他们的老娘为什么没把他们挪到别的地方去。"

"哦，她不介意的。她让我跟他们玩儿的。"伦尼再次朝屋里走去。

克鲁克斯皱了皱眉头，可是伦尼那憨厚的微笑解除了他的武装。"进来坐一会儿吧。"克鲁克斯道，"既然你不肯离开，非要来烦我，那就坐下吧。"他的语调稍稍友善了一点。"大家伙儿全都进城去啦，嗯？"

"就只有老坎迪没去。他老待在宿舍里削铅笔，削好了以后就在那儿算计。"

克鲁克斯扶了扶眼镜框。"算计？坎迪在算计什么呢？"

伦尼几乎是喊出来的："算计兔子。"

"胡说八道。"克鲁克斯道，"你傻得就跟块木头一样。哪儿来的什么兔子？"

"我们要养的兔子呀，到时候就由我来照顾它们，给它们割草吃、喂水喝什么的。"

"真是胡说八道。"克鲁克斯道，"怪不得跟你一块儿来的那个家伙不让你跟着一起去呢。"

伦尼心平气和地道："我说的是实话。我们就要这么干啦。买下一个小农场，就这么靠地里的出产过活。"

克鲁克斯换了个更舒服些的坐姿。"坐下吧。"他邀请道，"你可以坐在那个盛钉子的桶上。"

伦尼弓着腰在那个小桶上坐下。"我的话你不相信。"伦尼道，"可我说的是实话。句句是实，不信你问乔治去。"

克鲁克斯用粉红色的手掌托着黑色的下巴。"你走南闯北一直都是跟着乔治一起的，是不是？"

"那还用说。我上哪儿都是跟他一起的。"

克鲁克斯继续道："有时候他说出一番话来，你却根本就不明白他到底在说些什么。是不是？"他俯身向前，两只深陷在眼窝中的眼睛紧盯着伦尼不放。"是不是这样？"

"是吧……有时候。"

"他只管说他的，你根本就不明白他到底在说些什么？"

"是吧……有时候是。不过……也不总是这样。"

克鲁克斯从床沿儿上探出身来。"我可不是南方的黑鬼。"他说，"我就是在加利福尼亚这儿出生的。我老爹有个养鸡场，有十英亩大小。白人的孩子会去我们那儿玩，有时候我也跟他们一起玩，他们当中有几个待我相当好。我老爹不喜欢那样。以前我还不明白这是为了什么。现在我明白啦。"他踌躇了一下，等他再次开口的时候，语气就更加柔和了。"这方圆好几里地以内都没有一个黑人，在索莱达也只有这么一户。"他嘿嘿一笑，"所以我要是说了些什么，也不过是个黑鬼瞎扯淡罢了。"

伦尼问他："你觉得还要过多少天，那些小狗儿才能大得可以让我好好地摸弄他们？"

克鲁克斯再次嘿嘿一笑。"跟你说话倒是用不着顾忌什么，你肯定不会到处去多嘴多舌的。再有两个礼拜，这些小狗儿就长得差不多了。乔治可是知道他到底想要什么。他尽管跟你说就是了，不用偷背着你，反正你什么也听不明白。"他兴奋地朝前探着身子。"这不过是个黑鬼在瞎扯淡罢了，而且还是个断了脊梁骨的黑鬼。所以不值个一分一厘，明白吗？不过反正你什么也记不住。这种情况我见得多啦——一个人跟另一个人嘟啵嘟地说个没完，他根本不在乎人家有没有听或者有没有听懂。说到归齐，他们到底是在嘟啵嘟地说话，还是干坐在那儿一声不吭，其实没有任何区别，没有任何区别。"他越说越来劲儿，激动得直拿巴掌拍自己的膝盖。"乔治不论什么异想天开的事儿都可以跟你说，没什么关系。也只不过说说而已，也只不过有个可以说说话的人而已。仅此而已。"他沉吟了一会儿。

他的声音更加轻柔，更加循循善诱了。"假如乔治不再回来了。假如他脚底抹油溜之大吉，再也不回来了，到时候你怎么办？"

伦尼的注意力渐渐集中到了他说的这番话上。"你说什么？"他问道。

"我是说，假如今儿晚上乔治进了城以后，就此音信全无了那该怎么办。"克鲁克斯步步紧逼，感觉自己胜利在望了。"就只是假如。"他重复道。

"他不会这么做。"伦尼叫道，"乔治绝不会做出这种事来。我跟乔治在一起有好多年了。今天晚上他会回来的——"可是这种疑虑却超出了他所能承受的能力。"你不认为他会回来吗？"

克鲁克斯幸灾乐祸得脸上放光。"谁都说不好一个人到底会干出什么事儿来。"他不动声色地道，"就比如说他想回却回不来了呢？假如他被杀了或者受了伤，所以回不来了呢？"

伦尼努力想要弄懂他到底什么意思。"乔治绝不会这么做的。"他重复道，"乔治为人一直都很小心。他绝不会受伤的，因为他很小心。"

"呃，我是说假如，只是假如他不回来了，那到时候你该怎么办？"

伦尼因为恐惧和担心，整张脸都皱了起来。"我不知道。唉，你到底想干吗？"他叫道，"这不可能，乔治不会受伤的。"

克鲁克斯的目光咄咄逼人。"想让我告诉你会有什么样的结果吗？他们会把你送进疯人院里，他们会给你戴上一个项圈，就像是对待一条狗一样。"

伦尼的目光突然间集中起来，变得冷静而又疯狂。他站起身，气势汹汹地朝克鲁克斯走去。"谁伤害了乔治？"他喝问道。

克鲁克斯意识到了迫在眉睫的危险。他向后床铺里面挪动了一下躲避锋头。"我只是打个比方。"他说，"乔治没有受伤，他什么事都没有，他会平平安安地回来的。"

伦尼居高临下地站在他面前。"你打的什么比方？谁都不许打比方说乔治受了伤。"

克鲁克斯把眼镜摘下来，用手指抹了抹眼睛。"坐下吧，"他说，"乔治没有受伤。"

伦尼咆哮着坐回到那个装钉子的小桶上。"谁都不许胡说八道，说什么乔治受了伤。"他嘟囔道。

克鲁克斯柔声道："现在你也许该明白了吧。你还有乔治。你知道他肯定会回来。假如你谁都没有呢？假如就因为你是个黑人，他们就不许你到宿舍里去打拉米牌呢？你会有什么样的感受？假如你只能坐在这儿看看书。当然啦，你可以去玩那扔马蹄铁的游戏，一直玩到天黑，可是天黑以后你就只能看看书了。看书可是不顶事儿，一个人是需要有个人——在他身边的。"他哀诉道："一个人要是身边连个人都没有，他是会发疯的。不管那个人是谁，只要他跟你在一起就成。我跟你说，"他哭泣道，"我跟你说，一个人要是太孤单的话，他是会一病不起的。"

"乔治肯定会回来的。"伦尼用担惊受怕的声音自我安慰道，"说不定乔治已经回来了呢。也许我最好现在就去看看。"

克鲁克斯道："我不是有意要吓唬你。他会回来的。我是在说我自己。夜里一个人只能孤零零地坐在这里，看看书或是想想事情。有时候他想到了点儿什么，也没有一个人告诉他，他想的是对还是不对。有时候他看到了什么东西，他也不知道到底是真还是假。他没法儿找

73

个人问问，你是不是也看到了。他没人可以告诉。他没有什么可以拿来做个衡量的标准。我在这儿看到过不少的事儿。我没喝醉酒，可是我不知道我是不是在做梦。要是有个人跟我在一块儿，他就能告诉我，我是不是在做梦，那就一切都没有问题了。可是我就是不知道。"克鲁克斯的目光越过这个小房间，朝那扇窗户望去。

伦尼痛苦地道："乔治不会丢下我跑掉的。我知道乔治绝不会这么做。"

马房的小黑梦呓般继续道："我记得我还是个小孩儿的时候，我在我老爹的养鸡场上的事儿。我有两个哥哥。他们老跟我在一块儿，老在一块儿。我们就睡在一间屋子里，睡在一张床上——我们哥儿仨。我们有一块草莓地。有一块苜蓿地。要是晴天，我们就把喂的鸡放到苜蓿地里去。我两个哥哥就坐在栏杆上看着它们——都是白色的。"

伦尼的兴致慢慢转到了他说的这些话上。"乔治说我们也要给兔子种一块苜蓿地。"

"什么兔子？"

"我们要养兔子，还要种莓果。"

"尽在那儿胡说八道。"

"是真的，不信你问乔治。"

"尽在那儿胡说八道。"克鲁克斯嗤之以鼻，"我见到过成百上千的人从这条路上经过，到附近的农场里干活儿，身上背着行李卷儿，脑袋里转的都是这该死的同样的念头。成百上千。他们来了，他们又辞了工，继续往前走；他们当中每个人的脑袋里都盘算着要得到一小块地。可是从来没有一个人真正得到过，就像是谁也没有见到过天堂一样。每个人都想要得到一小块地。我在这儿看过不少的书。没有一个人能上得了天堂，也没有一个人能弄得到土地。那不过是他们脑袋里的痴想罢了。他们一天到晚地说个没完，可这只不过是他们的痴心妄想罢了。"他顿了顿，朝敞着的门口望了望，因为牲口棚里马匹那不安的叨登声和挽绳链子的叮当声。一匹马嘶叫了一声。"应该有人在牲口棚里。"克鲁克斯道，"可能是斯利姆。斯利姆有时候一晚上要进来个两三趟。斯利姆是个真正的车把式。他留心着每一头牲口。"他痛苦地挺直身体，朝门口走去。"是你吗，斯利姆？"

回答他的是坎迪的声音。"斯利姆进城去了。我说，你见着伦尼了没有？"

"你是说那个大个子？"

"对。瞧见他在哪儿了吗？"

"他就在这儿。"克鲁克斯不耐烦地道。他又回到铺上躺了下来。

坎迪站在门口，搔着他那光秃秃的手腕，茫然地朝亮着灯的屋内望去。他并没有要进来的意思。"我跟你说，伦尼。我已经算计清楚养兔子的营生了。"

克鲁克斯不耐烦地道："你要是愿意就进来吧。"

坎迪显得有些难为情。"我不知道。当然了，你要是想让我进来的话。"

"进来吧。如果每个人都能进来，你也可以进。"克鲁克斯说话虽然粗声粗气的，却掩藏不住他的喜悦之情。

坎迪走了进去，不过仍旧感觉有些难为情。"你这小屋子倒是挺舒服惬意的。"他对克鲁克斯道，"像你这样一个人独自享用一个房间，感觉肯定好得很。"

"那还用说。"克鲁克斯道，"尤其是窗户底下还有一堆马粪。那还用说，棒极啦。"

伦尼插了进来："你刚才说兔子怎么了？"

坎迪挨着那只开裂的马轭倚在墙上，搔着他那截手腕的残根。"我在这儿已经有好多年了。"他说，"克鲁克斯待了也有好多年啦。这还是我头一回进到他的屋子里来。"

克鲁克斯气哼哼地道："大家都不太愿意到黑人的屋子里来。就只有斯利姆常来。斯利姆和老板。"

坎迪赶紧改换了话题。"斯利姆可是我见过的最在行的车把式。"

伦尼朝老勤杂工探身过来。"你说那兔子，到底怎么样?"他追问道。

坎迪微微一笑。"我算计清楚了。咱们要是养得好，在它们身上都能赚到钱。"

"可是要由我来照顾它们。"伦尼插进来道，"乔治说让我来照顾它们。他保证过的。"

克鲁克斯残忍地打断了他们。"你们这不过是在自己骗自己。你们嘟啵嘟啵地整天说个没完，可是你们根本就弄不到什么土地。你就只能在这儿干一辈子勤杂工，直到他们把你装在一个箱子里抬出去才算完。真见鬼，这种事我见得多了去啦。这儿这位伦尼呢，不出两三个礼拜他就会辞了活儿不干，又开始流浪去了。看起来每个人的脑子里都有那么一块地。"

坎迪生气地摩挲着自己的面颊。"你他娘的还真说对了，我们就要去弄块地啦。乔治说我们这就去弄。我们眼下已经把钱都攒够啦。"

"是吗?"克鲁克斯道，"那么乔治现在在哪儿呢? 在城里的一家窑子里。那就是你们的钱的去向。耶稣啊，我眼见着发生这种事儿的次数实在是太多啦。我见过的满脑门子里都装着一块地的人实在是太多啦。可是从来就没有一个人真正弄到过一块地。"

坎迪叫道："他们当然都想弄到。每个人都想能弄到一小块地，用不着有多大，只要是他自己的就行。他可以靠它过活，没有人能把他从那儿赶出去。我从来就没有过一丁点自己的土地。我为这个州里几乎他娘的每一户人家都种过庄稼，可那都不是我的庄稼，我收获的粮食也都不是我的粮食。可是这次我们就要有自己的土地了，你可千万别看走了眼。乔治没有把钱带到城里去。钱都在银行里呢。我、伦尼还有乔治，我们就要有一个属于我们自己的房间了。我们要养狗、养兔子，还要养鸡。我们要种嫩玉米，我们也许还要养一头奶牛或是山羊。"他住了嘴，沉浸在自己描绘的那幅图景当中。

克鲁克斯问："你说你们已经把钱都攒够了？"

"一点不错。我们已经攒得差不多了。再凑一点就够了。不出一个月就全都有了。乔治连我们要买的那块土地都挑好啦。"

克鲁克斯把胳膊伸到后面，用手摸弄着自己的脊椎。"我从没见过一个人真的做到过。"他说，"我见过有多少人想土地想得都快发疯了，可是每一次，一家窑子或者一局二十一点就把准备买地的钱全都给挥霍光了。"他犹豫了一下。"……你们要是……要是需要个不拿工钱的人手——只要供给食宿就行，我很愿意去给你们帮个忙。我瘸得没那么严重，只要我愿意，干起活儿来我也能做牛做马毫不惜力的。"

"你们这些小伙子有谁看见柯利啦？"

他们仨全都将脑袋转向门口。正在往里看的是柯利的老婆。她脸上妆化得很浓。她嘴唇微张。她呼吸急促，就像是跑了来的似的。

"柯利不在这儿！"坎迪尖刻地道。

她一动不动地站在门口，朝他们微微带笑，用一只手的拇指和食指抚摸着另一只手上的指甲。她的目光从一个的脸上转到另一个的脸上。"他们把老弱病残都给留下啦。"她最后道，"以为我不知道他们都哪儿去了吗？就连柯利也一起算上。我知道他们都哪儿去了。"

伦尼目不转睛地瞅着她，心醉神迷；不过坎迪和克鲁克斯却都紧皱眉头，避开了她的目光。坎迪说："既然你知道，干吗还特地跑来问我们柯利在哪儿？"

她饶有兴味地打量着他们。"真有意思。"她道，"我要是逮住任何一个男人，只要是旁边没有别的男人，我跟他就能处得很融洽。可是只要两个男人碰到了一起，就话都不肯说了，只剩下跟你运气啦。"她松开手指，双手叉在屁股上。"你们全都相互害怕，就这么回事。你们全都害怕在别人那儿落下话柄。"

一时无语之后，克鲁克斯道："也许你最好还是回你自己的家去吧。我们可不想惹麻烦。"

"呃，我不会给你们惹什么麻烦的。你们以为我就不想偶尔也跟个什么人说说话吗？你们以为我喜欢一天到头地待在那幢房子里吗？"

坎迪把他那手腕的残根搁在膝盖上，用手轻轻地揉搓着。他语带责备地说："你已经是有丈夫的人了，就不该再跟别的男人不三不四地厮混啦，这不是惹事儿嘛。"

姑娘一下子炸了。"我当然是有了丈夫了。你们全都见过他。超级棒，是不是？一天到头就知道吹嘘他要怎么收拾他不喜欢的那些家伙，而没有一个人是他喜欢的。你们以为我愿意待在那个屁大点儿的房子里，听柯利吹嘘他是如何先出两记左拳再补一记右勾拳吗？'一——二。'他说，'再来这么一——二两下子，他就得趴在地下啦。'"她停顿了片刻，脸上愠怒的表情变成了饶有兴味。"我说——柯利的那只手到底是怎么啦？"

一阵难堪的沉默。坎迪偷眼瞟了一下伦尼。然后他咳嗽了一声。"嗯……柯利……他的手卷进机器里了，夫人。把手给轧碎了。"

她盯着他看了一会儿，然后她嘿嘿一笑。"胡说八道！你真以为我会信你这一套？准是柯利找碴儿跟人家打架反倒是自己吃了亏。卷进机器里了——胡说八道！哈，不过自打他手上的骨头碎了以后，他倒是再也别想给人家来他那'一——二，趴下'的老把戏啦。是谁把他的手给轧碎的？"

坎迪愠怒地重复道："他的手卷进机器里去了。"

"行行。"她鄙夷地道，"行行，想遮掩就尽管遮掩吧。关我什么事？你们几个癞子不定以为自己有多了不起哪。当我是谁，小孩子吗？告诉你们吧，我本来是可以上台去演戏的，还不止一次呢。有个人跟我说，他能让我演电影去……"她气愤填膺得都喘不上气来了。"——礼拜六的晚上。人人都出去找乐子去啦。人人！可我在干什么呢？站在这儿跟一帮子穷鬼癞子闲磕牙——一个黑鬼、一个傻瓜，还有一个肮脏的老梆子——而且还挺来劲的，就因为再也没有别的人了。"

伦尼不错眼地望着她，嘴巴半张着。克鲁克斯为了能维护一点黑人的尊严，早已但求自保地退守局外。可是老坎迪却态度大变。他猛地站起身，把屁股底下盛钉子的桶都给撞翻了。"我受够了。"他怒道，"这儿不欢迎你。早就跟你说过了。而且我还要告诉你，你这种破鞋根本就是狗眼看人低，不知道咱们有多大的本事。就你那个小鸡一样的脑袋，根本就是有眼不识泰山，还说我们是穷鬼癞子。你以为你能挑唆着老板把我们给开了，你试试去。你以为咱们没别的办法，只能沿着公路瞎撞，再去求爷爷告奶奶另找一份这种不值两毛五的臭活儿干？你根本就不知道咱们有咱们自己的农场，有咱们自己的房子可以去投奔。咱们可用不着非待在这里不可。咱们有房子，有鸡，有果树，还有一个比这儿漂亮百倍的农场。而且咱们还有朋友，有朋友可以投奔。也许有过这样的时候，咱们唯恐被老板给开掉了，可是现在再也不怕啦。咱们有自己的土地，完完全全是属于咱们的，咱们有地方去啦。"

柯利的老婆一笑置之。"胡说八道。"她道，"你们这种人我见得多了。你们只要有了两毛五分钱，就会买上两杯玉米威士忌，连杯底都舔得一干二净。我知道你们这种人都是什么德行。"

坎迪的脸越涨越红，不过在她把话说完之前，他已经重新控制住了自己。他也是个待人接物的老手了。"我早该知道的。"他心平气和地道，"也许你最好还是回去玩你自己的洋娃娃去吧。咱们根本就没什么好跟你说的。咱们知道咱们手里有什么，至于你知道还是不知道，咱们根本就不在乎。所以也许你最好还是现在就走你的吧，因为柯利也许不大喜欢他的老婆跑到牲口棚里跟咱们这帮'穷鬼癞子'混在一道儿。"

她的目光从一个的脸上转到另一个脸上，他们全都对她置之不理。她盯着伦尼看的时间最长，直看得他难为情地垂下了眼皮。她突然说道："你脸上的瘀伤是哪儿来的？"

伦尼负疚地抬起眼皮。"谁——我吗？"

"是啊，就是你。"

伦尼用目光向坎迪求助，然后再次垂下眼皮，看着自己膝盖。"他的手卷到机器里去了。"他学舌道。

柯利的老婆嘿嘿一笑。"好啊，机器。我回头再找你说话。我喜欢机器。"

坎迪插了进来。"你离他远点儿。不许你跟他勾搭胡调。我要把你说的话都告诉给乔治。乔治是绝不许你跟伦尼勾搭胡调的。"

"谁是乔治？"她问道，"就是那个跟你一起来的小个子？"

伦尼开心地一笑。"就是他。"他说，"就是那个人，他会让我照看兔子的。"

"嗨，你要是喜欢兔子，我也可以弄个一两只来呀。"

克鲁克斯从铺上站起来，面朝着她。"我受够了。"他冷冷地道，"你没有权利到一个黑人的屋子里来。你根本就没有权利在这儿勾搭胡调。你现在就出去，马上就出去。你要是不走，我就去找老板，以后再也不许你踏进牲口棚半步。"

她满脸鄙夷地转向他。"听着，黑鬼。"她道，"你要是再敢满口胡吣，知道我能怎么对付你吗？"

克鲁克斯无望地紧盯着她，然后他一屁股坐回到铺上，不再吭声了。

她逼近一步。"你知道我能怎么整你吗？"

克鲁克斯像是整个人都缩小了，他把自己紧贴在墙上。"是的，夫人。"

"知道就好，那就给我识趣一点儿，黑鬼。只要我一句话，就能叫人把你吊到树上去，那可就不好玩儿啦。"

克鲁克斯已经把自己缩小到简直都不存在了。已经没有了个性，没有了自我——任何能引起喜怒好恶的介质都没有了。他唯唯道："是的，夫人。"声音中不带有任何情感和起伏。

她目不转睛地盯着他看了一会儿，就仿佛在等着看他有无进一步的举动，好立刻再迎头痛击一样；可是克鲁克斯坐在那里一动都不动，颔首低眉，将一切可能受到伤害的部位全都收敛了起来。她终于放过了他，转向另外那两个人。

老坎迪一直都饶有兴味地瞅着她。"你要是真敢这么做，咱们会揭发你的。"他轻声道，"咱们会告诉别人，你是在栽赃陷害克鲁克斯。"

"尽管揭发去，不说是孙子！"她叫道，"没人会听你们的，你知道得很清楚。没有一个人会听你们的。"

坎迪服了软。"是……"他同意道，"没人会听咱们的。"

伦尼哀诉道："乔治要是在这儿就好了。乔治在这儿就好啦。"

坎迪走到他跟前。"甭担心。"他说，"我刚刚听见他们大家伙儿都回来了。我打赌乔治现在准已经回到宿舍里了。"他转向柯利的老婆。"你现在最好还是回家去吧。"他轻声道,"你要是现在就走,咱们就不告诉柯利你来过这里。"

她冷静地掂量了他一番。"我不信你真听到了什么。"

"最好还是不要冒险。"他道,"你要是不能确定的话,最好还是稳妥为上。"

她转向伦尼。"我很高兴你把柯利教训了一下。他这是自找的。有时候我都想亲自教训他一顿。"她溜出房门,消失在了黑暗的牲口棚里。她穿过牲口棚的时候,传来了挽绳链子的叮当声,有几匹马喷了几下响鼻,有几匹跺了几下蹄子。

克鲁克斯像是慢慢地从他一层层披上去的防护中钻了出来。"你刚才说你听见他们都回来了,是真的吗?"他问。

"那还用说。我当然听见了。"

"呃,我什么都没听见。"

"大门砰地响了一声。"坎迪道,然后他又继续说:"耶稣基督啊,柯利的老婆走起路来简直一点声音都没有。我猜她准是特意练出来的。"

克鲁克斯完全避开了这个话题。"也许你们俩最好也走吧。"他道,"我不太确定还乐意你们待在这儿了。一个黑人也总该有几项权利,即便他并不喜欢它们。"

坎迪道:"那婊子真不该对你说那种话。"

"这没什么。"克鲁克斯没精打采地道,"你们俩进了我的屋,还在我这儿坐着,搞得我都忘了自己是谁啦。她说的是实话。"

牲口棚里的马又喷起了响鼻,挽绳链子又被扯动得叮当作响,有个声音叫道:"伦尼。哦,伦尼。你在牲口棚里吗?"

"是乔治。"伦尼叫道。他回答道:"这儿呢,乔治。我就在这儿。"

不一会儿，乔治就站在了门框的正当中，他有些不以为然地往四下里打量了一番。"你们在克鲁克斯的房间里干什么。你们不应该到这儿来的。"

克鲁克斯点了点头。"我也是这么跟他们说的，可他们还是进来了。"

"呃，那你干吗不把他们给轰出去?"

"我也不怎么在乎。"克鲁克斯道，"伦尼人不错。"

坎迪这时候又来劲了。"哦，乔治! 我一直在盘算了又盘算。我已经算计好了，咱们只要怎么做，靠养兔子都能赚到点儿钱。"

乔治眉头一皱。"我不是嘱咐过你别跟别的人说这事儿吗?"

坎迪泄了气。"除了克鲁克斯，别的人我谁都没告诉。"

乔治道:"行了，你们俩还是出去吧。耶稣啊，看来我还真是一分钟都离开不得。"

坎迪和伦尼站起身来朝门口走去。克鲁克斯叫了一声:"坎迪!"

"嗯?"

"还记得我跟你说的锄地和干点儿杂活的事儿吗?"

"是呀。"坎迪道，"我记着呢。"

"呃，还是把它忘了吧。"克鲁克斯道，"我没那意思。只不过说着玩儿的。我并不想去那样的地方。"

"呃，好吧，既然你是这么想的。晚安。"

他们仨走出了房门。在经过牲口棚的时候，马又开始喷起了响鼻，挽绳链子又叮叮当当响了起来。

克鲁克斯坐在自己的床铺上，朝门口望了那么一会儿，然后他伸手把那瓶擦剂拿了过来。他把衬衣的后襟拉出来，在粉红色的掌心里倒了点擦剂，伸到背后，开始慢慢地揉搓起后背来了。

五

大牲口棚的一头新堆上了一大垛干草，干草垛上方的滑轮上吊着一把四齿的杰克逊干草叉 [1]。草垛就像山坡一样从这一头一直延伸到另一头，不过仍有一块平地还没有堆上干草。草垛两侧可以看到饲料槽，饲料槽上的横档上露出了马头。

时值礼拜天下午。正在休息的马匹细细地咀嚼着剩下的小把儿干草，踢踏着蹄子，啃着食槽上的木头，把挽绳链子甩得叮当作响。午后的阳光透过牲口棚棚壁上的裂缝，在干草上划出一道道明亮的光线。空中嗡嗡地飞着苍蝇，那慵懒的午后在轻轻地嗡鸣。

外面传来马蹄铁套进铁桩子上的哐当声和人们的喊叫声，他们在比赛，既有鼓励加油声，又有揶揄嘲弄声。但在牲口棚里却非常安静，唯有轻轻的嗡鸣，既慵懒又温暖。

1　杰克逊干草叉，悬挂于吊杆或是滑轮组上用以耙松、聚拢干草的一种钢齿叉。

牲口棚里只有伦尼一个人，伦尼在还没有堆满干草的那一头，挨着一个包装箱坐在马槽下面的干草上。伦尼坐在干草上，望着一只躺在他面前的死了的小狗。伦尼看了它好半天，然后伸出巨掌抚摸着它，从小脑袋一直摸到小尾巴。

伦尼柔声对那只小狗说道："你为什么也会死呢？你可是比老鼠要大呀。我又没有使劲地摔打你。"他扳起小狗的脑袋，望着它的脸，对着它说话："这么一来乔治兴许就不会再让我照看兔子了，要是他发现我把你给弄死了。"

他刨了个小坑，把小狗放进去，用干草盖起来，眼不见心不烦；可是他继续盯着那个小坟堆看。他说："这还不算是我应该跑去藏到矮树丛里的那种坏事。哦！不算。这当然不算。我就跟乔治说，我来看它的时候发现它就已经死了。"

他又把小狗刨出来，仔细地检查，然后又从耳朵一直到尾巴地抚摸它。他伤心地继续道："可是他会知道的。乔治总是什么都知道。他会说：'是你干的好事。你休想糊弄我。'他还会说：'就因为这个，你就别想再照看兔子啦！'"

他突然间火冒三丈。"你这个该死的。"他叫道，"你为什么也会死？你可是比老鼠要大啊。"他把小狗捡起来，又猛地往地上一扔。他转过身去不看。他弯曲膝盖蹲在地上，悄声道："这一下我照看不成兔子了。这一下他不会让我照看兔子啦。"他难过得前前后后摇晃着身子。

外面传来马蹄铁套进铁桩子上的哐当声，接着是一阵喊叫声。伦尼站起身，又把小狗捡回来，把它放在干草上，坐了下来。他又开始抚摸那只小狗。"你还是不够大。"他说，"他们一遍又一遍地嘱咐我你还不够大。我真不知道你这么容易就被弄死了。"他用手指头摸弄着小狗那软塌塌的耳朵。"也许乔治不会放在心上的。"他说,"这个该死的小狗杂种对乔治来说根本不算是什么。"

柯利的老婆绕过最远的隔栏走了进来。她的脚步极轻,所以伦尼根本就没有看到她。她穿了件鲜艳的棉布裙子,脚上是那双饰有红色鸵鸟毛的拖鞋。她脸上浓妆艳抹,小香肠一般的卷发梳理得整整齐齐。她都快走到伦尼跟前了,他这才一抬头看见她。

恐慌之下,他忙不迭地搂起一把干草往小狗身上一盖。他怏怏不乐地抬头看着她。

她说:"你那是埋的什么呀,小宝贝儿?"

伦尼对她怒目而视。"乔治说不许我跟你打任何交道——说话什么的都不可以。"

她嘿嘿一笑。"你干什么都听乔治的命令喽?"

伦尼低头瞧着干草。"他说我要是跟你说话什么的,他就不让我照看兔子啦。"

她轻声地说:"他那是怕柯利发火。呃,柯利的胳膊还挂在吊带上呢——要是柯利再耍横,你可以把他的另一只手也捏碎呀。你们休想拿什么卷进机器里了这种鬼话糊弄我。"

可是伦尼不上她这个当。"决不!我不会跟你说话什么的。"

她挨着他在干草上跪下。"你听听。"她说,"他们大家伙儿都在玩掷马蹄铁的赌赛呢。现在大约只有四点钟光景。他们谁都不会中途退出的。为什么我就不能跟你说几句话呢?从来就没有人跟我说句话。我孤单得不得了。"

伦尼道:"呃,反正我是不应该跟你说话什么的。"

"我孤单。"她说,"你可以跟人家说话,可是我除了柯利,跟谁都不能说话。要不然他就火冒三丈。你要是连个说话儿的人都没有,

86

你会怎么样？"

伦尼道："呃，反正我不应该跟你说话。乔治怕我会惹祸上身。"

她话锋一转。"你刚才在那儿埋什么？"

伦尼的全副苦恼又卷土重来。"不过是我的小狗。"他难过地道，"不过是我的小狗。"他把小狗身上盖的干草拂落开。

"哎呀，他死了！"她叫道。

"他太小了。"伦尼道，"我只不过是在跟他闹着玩儿……他作势要咬我……我就作势要扇他……结果……结果我就真扇了他一下。然后他就死了。"

她安慰他道："别烦恼了。他不过是只杂种狗，再弄一只容易得很。乡下地方到处都是，一点都不稀罕。"

"不全是为了这个。"伦尼惨兮兮地解释道，"这么一来乔治就不会让我照看兔子啦。"

"为什么呢？"

"呃，他说过我要是再做一件坏事，他就不让我照看兔子啦。"

她又靠近一步，用抚慰的语气道："跟我说话你用不着担心。你听听外头他们那大呼小叫的。他们这次赌赛下了四块钱的赌注呢。不赛出个结果来，他们谁都不肯离开的。"

"要是乔治看到我跟你说话，他肯定会骂死我的。"伦尼谨小慎微地道，"他明确告诉过我的。"

她脸上现出怒容。"我到底怎么啦？"她叫道，"我就没有跟人说句话的权利吗？他们到底把我当成什么人啦？我看你人不错。我不知道为什么我就不能跟你说句话儿。我又不会害你。"

"呃，乔治说你会给我们大家都惹上麻烦的。"

"哈，一派胡言！"她道，"我会对你造成什么样的伤害？看来他们谁都不在乎我是死是活。告诉你吧，我原先过的可不是这样的日子。我本来是可以让自己成个人物的。"她阴郁地道："也许现在也还来得及。"于是她迫不及待地一吐为快，就像是怕她倾诉的对象会被人拉走，所以赶紧把想说的话说完似的。"我原本就住在萨利纳斯[1]。"她说，"很小的时候就搬到那儿去了。后来有个戏班子到那儿演出，我认识了他们的一个演员。他说我可以加入他们的戏班子。可是我老妈不让我去。她说因为我才只有十五岁。可那个演员说我可以跟他们走。要是当初我跟他们走了，我就不会过上现如今这种日子了，跟你打赌。"

伦尼来来回回地抚摸着小狗。"我们就要有个小农场了——还有兔子。"他解释道。

她继续飞快地讲她的故事，趁着还没被人打断。"后来我又认识了一个人，他是演电影的。我跟他去了一趟河畔舞厅。他说他能介绍我去演电影。说我天生是个当演员的料。等他一回到好莱坞就给我写信具体商量这件事。"她端详了一下伦尼，看这话有没有让他刮目相看。"我一直都没收到他那封信。"她说，"我一直都认为是我老妈偷偷地藏起来了。好吧，我才不要再在那种地方待下去呢，在那儿我哪儿都不能去，一点出路都没有，连你的信都有人偷。我也问过她有没有偷拿我的信，她说她没有。于是我就嫁给了柯利。我跟他就是在去河畔舞厅的那晚上认识的。"她质问道："你在听吗？"

"我？当然啦。"

"哼，这话我从没告诉过别人。也许也不该告诉你。我不喜欢柯利。他这人不地道。"由于她把心里话都对他说了，她就靠伦尼更近了些，挨着他坐了下来。"我本来可以演电影的，穿漂亮衣服——就跟电影

1　萨利纳斯，加利福尼亚州中部城市，近蒙特雷。

明星穿得一样漂亮。我本来可以坐在那些大饭店里，让人给我拍照片。等电影试映的时候，我也可以去看，还要去电台做节目，所有这一切我一分钱都不用花，因为我就在电影里面呢。就跟电影明星穿得一样漂亮。因为那个人说我天生是个当演员的料。"她抬头看了一眼伦尼，为了表示她会演戏，伸出手臂摆了个装腔作势的小姿势：手指头随着伸出去的手腕风摆杨柳，那小拇指特意离开其他四根手指华丽丽地高高跷起。

伦尼深深叹了口气。外面传来马蹄铁击打金属的哐当声，然后是一阵喝彩。"有人投中了。"柯利的老婆道。

这时日已西斜，光照越来越高，透过缝隙照进来的长条的光纹爬上了对面的墙壁，落在食槽和马头上。

伦尼说："要是我把小狗拿出去扔掉，乔治没准儿就发现不了了。这样我就可以顺顺当当地照看兔子啦。"

柯利的老婆生气了："你脑袋里除了兔子就没别的啦？"

"我们就要有一个小农场。"伦尼耐心地解释道，"我们就要有一幢房子，有个园子，还会有一块苜蓿地，苜蓿就是为了兔子种的，我就拿着一只口袋，口袋里装满苜蓿，扛回来喂兔子。"

她问道："你为什么对兔子这么五迷三道的？"

伦尼认真考虑了一会儿才算想明白。他小心翼翼地靠近她，一直到身体跟她靠在一起。"我喜欢摸弄上好的东西。有一次我在集市上看到过几只长毛兔。它们摸起来可舒服啦，告诉你吧。有时候我都会摸弄老鼠的，要是实在没有更好的东西可摸。"

柯利的老婆从他身边稍稍挪开一点。"我觉得你是脑子有病。"她说。

"没有，我没有。"伦尼急切地解释道，"乔治说我没有。我就是喜欢用手指头摸弄上好的东西，柔软的好东西。"

她放心了些。"呃，谁不喜欢呀?"她道,"人人都喜欢。我也喜欢抚摸丝绸和天鹅绒。你喜欢摸天鹅绒吗?"

伦尼高兴得吃吃直笑。"那还用说,老天在上。"他开心地叫道,"我以前也还有一块呢。是位太太给我的,那位太太就是——我克拉拉姨妈。她二话没说就给了我——大约有这么大一块。我要是现在还有那块天鹅绒就好啦。"他眉头皱了起来。"我把它弄丢了。"他说,"已经有好长时间没见着它了。"

柯利的老婆笑话他道:"你是脑子有病。"她说:"不过你人还不错。就像个大个儿的婴儿一样。不过人家还是能够明白你的意思。我梳头的时候,有时候就会坐在那儿摸个没完,因为它太柔软了。"为了演示一下她是怎么摸的,她把手指头伸进头顶上的头发里。"有些人的头发又粗又硬。"她得意地道,"比如说柯利。他的头发就跟铁丝似的。可是我的头发又细又软。当然我也老是梳它。头发是越梳越好。来——你摸摸这儿看。"她拿起伦尼的手,把它放在自己头上。"你摸摸这儿附近,看看它有多软。"

伦尼那粗大的手指落下来开始抚摸她的头发。

"别把它弄乱喽。"她说。

伦尼说:"哦! 真舒服!"他更用力地摸起来。"哦,摸着真舒服。"

"小心点,唉,你把它弄乱啦。"然后她生气地叫起来:"你给我住手,你都把它弄乱啦。"她猛地把头向旁边躲闪,伦尼却一把抓住了她的头发,不肯撒手。"放手!"她叫道,"你快点放手!"

伦尼陷入了恐慌。他的脸扭曲起来。她开始尖叫,伦尼用另一只手捂住了她的嘴和鼻子。"求你别喊!"他恳求道,"哦! 求你千万别这样。乔治会生气的。"

她在他手底下拼命挣扎。她两腿在干草上乱蹬,扭动着身体想要挣脱他的控制，从伦尼的手底下传来含混不清的尖叫声。"哦，求求你千万别这样！"他恳求道，"乔治又要说我干了坏事啦。他就不会再让我照看兔子啦。"他把手稍微挪开一点，她那嘶哑的喊叫声马上就迸发出来。伦尼于是生气了。"别号啦！"他说，"不要再号啦。你会让我惹上麻烦的，乔治说得一点都没错。现在不许你再号丧啦。"而她继续拼命挣扎，眼神惊恐欲狂。他不断摇晃着她，不禁怒火中烧。"不许你再号啦！"他说着，用力摇晃着她；她的身体就像条鱼一样来回晃荡。然后她就不动了，因为伦尼已经扭断了她的脖颈。

他低头看着她，小心翼翼地把捂着她嘴巴的手拿开，她一动不动地躺在那儿。"我没想要伤害你，"他说，"可是你要是大呼小叫的，乔治会生气的。"看到她既没有吱声也没有动弹，他就弯下腰凑近了去看她。他拉起她的一只胳膊，一撒手，胳膊就耷拉下来。有那么一会儿，他像是大惑不解。然后他才惊恐万分地悄声道："我干了坏事啦。我又干了一桩坏事。"

他抓起一把把干草，把她的身体盖上了一小半。

牲口棚外面传来人们的喊叫和马蹄铁一连两下撞击金属的哐当声。伦尼这才第一次意识到外部世界的存在。他在干草上蹲下来，侧耳倾听。"我干了件真正的坏事。"他说，"我不该这么做的。乔治会气疯了的。他……他说过……藏在矮树丛里一直等到他去找我。他肯定会气疯了的。在矮树丛里藏好等着他去找我。他就是这么说的。"伦尼回过身来又看了看那个死去的姑娘。那只小狗就躺在她身边。伦尼把它捡起来。"我要把它扔了。"他说，"这已经够糟的了。"他把小狗揣到怀里，蹑手蹑脚地来到牲口棚的墙边，透过缝隙朝外面正在玩扔马蹄铁游戏的那帮人看了看。然后他轻轻地绕过最尽头的马槽，消失不见了。

透过缝隙照进来的长条的光斑已经在对面的墙上爬得老高了，牲口棚里的光线变得越来越柔和了。柯利的老婆仰面朝天躺在地上，半个身体盖着干草。

牲口棚里一片阒寂，午后的静谧笼罩了整个农场。就连投掷马蹄铁的哐当声，就连游戏中的各种人声都显得更加安静了。牲口棚里的空气比外面更加幽暗和朦胧。一只鸽子从敞着的门外飞进来，盘旋了一周又飞了出去。一只母牧羊犬绕过尽头的隔栏走了进来，她身体又瘦又长，肚子底下垂着沉重的奶头。在朝小狗们当作狗窝的包装箱走到半途的时候，她嗅到了柯利老婆身上散发出来的死亡的气味，她脊背上的毛一下子挓挲起来。她呜呜咽咽、畏畏缩缩地爬到包装箱旁，跳进去趴在小狗们中间。

柯利的老婆躺在那儿，一半的身体覆盖着黄色的干草。她脸上的卑贱、算计、不满和引人关注的渴望全都消失不见了。她非常漂亮而又单纯，面容甜美而又年轻。她那搽了胭脂的面颊和涂了口红的嘴唇使她显得富有生机，就像刚刚睡着了一样。小香肠一样细细的发卷披散在她脑后的干草上，嘴唇微启。

有时候，一个瞬间停驻、徘徊、持续的时间要远比其余的瞬间更长。无论是声音和动作都会暂时停止，远远超过一个普通的瞬间。

然后，时间才逐渐苏醒过来，懒怠地慢慢向前移动。马匹在食槽的另一侧踢踏着马蹄，挽绳链子叮当直响。外面的人声也变得更加响亮和清晰了。

从尽头的隔栏后面传来老坎迪的声音。"伦尼！"他叫道，"哦，伦尼！你在这儿吗？我又仔细谋算了一下。让我跟你说说咱们还能干些什么，伦尼。"老坎迪绕过尽头的隔栏，出现在牲口棚里。"喂，伦尼！"他又叫了一声，然后停了下来，身体一下子僵住了。他用光溜溜的断腕去摩挲白色的短胡碴儿。"我不知道你在这儿。"他对柯利的老婆道。

见她没有回答，他又走近了一步。"你不该睡在这里的。"他不以为然地道。这时他已经来到了她身边——"哦，耶稣基督啊！"他无助地四处张望，不知所措地摩挲着脸上的胡子。然后他猛然一跳，慌忙离开了牲口棚。

可是牲口棚现在又活了过来。马匹又蹬蹄子又喷响鼻，嚼着厩里作铺垫的干草，把挽绳上的链子晃动得叮当作响。不一会儿，坎迪又回来了，乔治跟在他后面。

乔治说："你到底想让我进来看什么？"

坎迪指了指柯利的老婆。乔治瞪圆了眼睛。"她这是怎么啦？"他问。他上前一步，然后发出跟坎迪一模一样的惊呼。"哦，耶稣基督啊！"他扑通一声跪在她身边，伸出手来放在她胸口上。最后，当他缓慢而又僵硬地站起来的时候，他的面色就像是木头一样生硬而又紧绷，眼神锐利而又凶狠。

坎迪说："是谁干的？"

乔治冷冷地看着他。"你一点儿都没想到？"他反问道。坎迪没有作声。"我早该想到的。"乔治绝望地道，"我想也许我脑子里老早就已经料到了。"

坎迪问道："咱们现在该怎么办，乔治？咱们现在该怎么办？"

乔治过了好长时间才说出话来。"我想……咱们得告诉……其余的人。我想咱们得抓住他，把他给锁起来。咱们不能让他这么逃了。要不然那个可怜的狗杂种会活活饿死的。"他努力想安慰自己。"也许他们把他锁起来以后会好好待他的。"

可是坎迪却激动地道："咱们应该让他逃走。你还不了解那个柯利。柯利一定会将他处以私刑。柯利肯定会弄死他的。"

乔治愣愣望着坎迪的嘴唇。"是的,"他最后道,"你说得没错,柯利会这么做的。别的人也会这么做。"他又回头看了一眼柯利的老婆。

坎迪说出了最让他担忧的事。"你和我还是能弄到那个小农场的,是不是,乔治?你和我还是能去那儿好好地生活的,是不是,乔治?还能不能?"

还没等乔治回答,坎迪就垂下脑袋看着地上的干草。他明知道答案是什么。

乔治轻声道:"——我想,从一开始我就知道的。我想我明知咱们是永远都别想做得到的。只是他太爱听我讲了,搞得我都觉得没准儿咱们能做得到呢。"

"这么说——什么都完啦?"坎迪愠怒地道。

乔治没有回答他的问题。乔治说:"我会干完这一个月的活儿,拿上我那五十块钱,去个腌臜的窑子里过上一整夜。要么就到个弹子房里,一直待到所有的人都回了家为止。然后我就回来再干上一个月,再拿上五十块的工钱。"

坎迪道:"他人真的不错。真想不到他会干出这种事来。"

乔治的目光仍旧盯着柯利的老婆。"伦尼从来都不是成心的。"他说,"他老是在干坏事,可是他没有一次是成心的。"他直起腰来,回头看着坎迪。"现在你听我说。咱们得告诉大家伙儿。他们会去把他抓回来,我想。他们也没别的办法。也许他们不会杀害他的。"他厉声道:"我决不让他们伤害伦尼。现在你听我说。他们也许会以为这件事我也有份儿。所以我现在先回到宿舍里去。过一会儿你再出去跟大家说她出事儿啦,这时候我再跟他们一起过来,假装什么事都不知道的样子。你能做得到吗?这么一来他们就不会怀疑我了。"

坎迪说:"当然,乔治。我当然做得到。"

94

"那好。给我一两分钟时间，然后你再像是刚看到她那样跑出去叫人。我先走了。"乔治转身，快步走出牲口棚。

老坎迪看着他出去。他回头无助地看着柯利的老婆，他的悲伤和愤怒逐渐化为话语宣泄出来。"你个该死的荡妇！"他恨恨地骂道，"你终于做成了，是不是？你该得意了吧！大家伙儿谁都知道你就是个害人精。你活着的时候不是个好东西，你现在也不是个好东西。你个下作的婊子。"他涕泗横流，他声音抖颤。"我本可以跟他们住到一起，帮着锄锄园子洗洗碗。"他说不下去了，然后就像是背书一样重复着他们之前说过的那老一套："要是来了马戏团，或是有棒球赛……咱们就去凑热闹去……只要说一句'去他娘的活儿'，抬脚就去了。谁都用不着请示。养一头猪，一群鸡……到了冬天……胖肚子的小火炉……下起雨来的时候，咱们就坐在屋里歇着。"泪水模糊了他的双眼，他转身虚弱地走出牲口棚，用那截残存的手腕摩挲着他那粗硬的胡子碴儿。

外面，扔马蹄铁游戏的声音停止了。随之而起的是七嘴八舌的询问，咚咚的奔跑声，大家冲进了牲口棚。斯利姆、卡尔森、小惠蒂和柯利，克鲁克斯躲在稍后的位置，不想引起人们的注意。坎迪跟在后面，走在最后的是乔治。乔治已经穿上了他的牛仔外套，扣子都扣好了，黑色的帽子压得低低的，遮在眼睛上面。大家绕过最靠外的隔栏一拥而入。他们的目光在幽暗的光线下看到了柯利的老婆，他们全都停下脚步，一动不动地僵立在那里，看着。

然后斯利姆轻手轻脚地走到她身边，试了试她的脉搏。他用一根瘦长的手指摸了摸她的脸颊，然后把手伸到她稍稍有些扭曲的脖子后面，用手指摸索着她的颈项。等他站起身以后，大家全都围上来，那魔咒打破了。

柯利突然活了过来。"我知道是谁干的。"他叫道,"是那个狗娘养的大个子干的。我知道是他干的。本来嘛——除了他大家都在外头扔马蹄铁呢。"他激动得暴跳如雷。"我要抓住他。我这就去拿我的猎枪。我要亲自干掉那个狗娘养的大个子。我要冲着他的肚子开枪。跟我来呀,大家伙儿。"他怒不可遏地跑出了牲口棚。卡尔森说:"我去拿我的卢格尔。"他随后也跑了出去。

　　斯利姆平静地转向乔治。"我想是伦尼干的,没错。"他说,"她的脖子断了。伦尼有那么大劲儿。"

　　乔治没有说话,但是他慢慢地点了点头。他的帽子压得极低,把眼睛都遮住了。

　　斯利姆继续道:"也许就像你说过的在威德的那次一样。"

　　乔治再次点了点头。

　　斯利姆叹了口气。"唉,我想我们得把他抓住。你觉得他可能去了哪里?"

　　乔治似乎费了很大的劲才把话说出来。"他——可能会往南边走了。"他说,"我们是从北边来的,所以他可能往南边走了。"

　　"我想我们得把他抓住。"斯利姆重复道。

　　乔治上前几步。"等咱们把他抓住以后,咱们能不能只是把他锁起来?他脑子有病,斯利姆。他从来都不是成心要干坏事的。"

　　斯利姆点了点头。"也许吧。"他说,"要是能把柯利留在这儿,就有可能。可是柯利肯定一心想毙了他。因为那只手的事,柯利的气到现在还没消呢。退一万步讲,就算是把他锁起来,用绳子捆上把他装在笼子里,那也没什么好处,乔治。"

　　"我知道。"乔治道,"我知道。"

　　卡尔森跑了进来。"那杂种偷了我的卢格尔。"他喊道,"我包里的枪不见啦。"柯利紧随其后，他那只没受伤的手里拿着一杆猎枪。柯利已经冷静了下来。

"好吧，大家都听着。"他说，"那黑鬼有支猎枪。你去拿了来，卡尔森。你要是看到了他，不要给他任何机会。就朝他肚子上开枪。打得他直不起腰来。"

惠蒂兴奋地道："可我也没有枪。"

柯利说："你去趟索莱达叫个警察来。就叫阿尔·威尔茨吧，他是副治安官。现在咱们就出发吧。"他面带怀疑地转向乔治。"你也得跟我们一起去，伙计。"

"行。"乔治道，"我去。可是听我说，柯利，那个可怜的狗杂种脑子有病。别朝他开枪。他不知道他干了些什么。"

"别朝他开枪？"柯利叫道，"他拿了卡尔森的卢格尔。当然要朝他开枪。"

乔治勉强地道："也许是卡尔森自己把枪丢了。"

"今儿早上我还看到过呢。"卡尔森道，"不，肯定是被人拿走了。"

斯利姆站在那儿低头望着柯利的老婆。他说："柯利——也许你最好还是留下来守着你老婆。"

柯利的脸变得通红。"我要去。"他说，"我要亲自把那狗娘养的大个子的肠子给打出来，就算是我只有一只手。我一定要抓住他。"

斯利姆转向坎迪。"那你留下来守着她吧，坎迪。其余的人最好现在就出发。"

大家开始往外走。乔治在坎迪身边停了一会儿，两人一起低头看着那死去的姑娘，直到柯利叫道："你，乔治！你跟紧我们，要不然我们会觉得你跟这件事脱不了干系。"

乔治慢吞吞地跟在他们后面，两条腿像灌了铅一样拖拉不动。

等他们全都走了，坎迪在干草上蹲下，望着柯利老婆的脸。"可怜的杂种。"他轻声道。

　　那帮人的脚步声越来越远了。牲口棚里渐渐黑下来，马匹在各自的隔栏里叩登着蹄子，晃动着挽绳链子。老坎迪在干草上躺下来，用胳膊遮住了眼睛。

六

　　萨利纳斯河形成的那个深深的绿色水潭在傍晚时分波平如镜。阳光已经离开了山谷，正向加比兰山脉的山坡上爬去，山顶被染成了一片玫瑰红。水潭边上，那树皮斑驳的美国梧桐已经洒下了一片宜人的树荫。

　　一条水蛇平稳地滑过水潭的水面，潜望镜般的脑袋不断地左右转动；它游过整个水潭，正好游到一只一动不动立在浅滩上的苍鹭的脚边。苍鹭的脑袋和长喙悄无声息地猛然往下一扎，叼住蛇头将它拖出水面，长长的鸟喙将尾巴还在拼命挣扎的小蛇生吞了下去。

　　一股劲风远远地呼啸而至，树林的梢头被风吹得波浪般翻滚起伏。美国梧桐的叶子露出了银色背面，地上棕黄色的枯叶被卷起好几英尺高。水潭的绿色水面上泛起了涟漪，一圈圈荡漾开去。

　　那阵风其来也速，其去也疾，很快风平浪止，那块空地也重新恢复了宁静。那只苍鹭立在浅滩上，一动不动，以逸待劳。又一条水蛇游出了水面，潜望镜般的脑袋不断地左右转动。

伦尼突然从矮树丛里钻了出来，就跟蹑足潜踪的熊一样悄无声息。苍鹭挥动翅膀拍打着空气，将身体拔离水面，向河的下游飞去。那条小水蛇安全地溜进了水潭边的芦苇丛中。

伦尼悄没声地来到水潭边。他跪下来喝水，嘴唇将将够到水面。一只小鸟在他背后的枯叶上蹦跳而过，他猛然抬起头，耳目同时朝发出声音的方向紧张地倾听和张望，直到看清是一只鸟，这才重又低下头去继续喝水。

喝饱了水以后，他在岸边坐下，侧对着水潭，这样他就能看到那条小径的入口。他抱住膝盖，下巴搁在膝头上。

阳光爬出了山谷，继续向高处攀登，山脉的各个山顶越来越亮，就像燃烧起腾腾的火焰。

伦尼轻声道："我可没忘，跟你打赌，该死的。藏在矮树丛里一直等到乔治来找我。"他把帽子往下拉了拉，遮住眼睛。"乔治准会臭骂我一顿的。"他说，"乔治准又巴不得要一个人过活，不让我再拖累他啦。"他转过头去，望着那明亮的山顶。"那就到那山上去找个山洞待着。"他说。然后他又难过地继续道："——那就再也吃不着番茄酱了——不过也没关系。要是乔治不要我了……我就走。我走就是啦。"

这时，从伦尼的脑海里冒出来一位矮胖的小老太婆。她戴了副厚厚的圆眼镜儿，系着肥大的带口袋的格子布围裙，一身衣服浆洗得干干净净、板板正正。她站在伦尼面前，双手叉腰，冲着他不满地皱着眉头。

她开口说话的时候，却是伦尼的声音。"我跟你说过多少回啦！"她道，"我跟你说，'要听乔治的话，因为他人好，尤其是对你好。'可

100

是你从来都不听话。你老是做坏事。"

伦尼回答她道："我想听话来着，克拉拉姨妈，夫人。我一直都想听话来着，可就是不由自主。"

"你从来都不替乔治想一想。"她继续用伦尼的声音道，"他一直都待你很好。他只要有一块馅饼，总是分给你一半，甚至是一大半。要是有点番茄酱，他就全部都给你吃。"

"我知道。"伦尼痛苦地说，"我想听话的，克拉拉姨妈，夫人。我一直都想听话来着。"

她打断了他。"要不是因为有你，他日子一直都可以过得多惬意呀。他拿到工钱就可以到窑子里去开心快活，他还可以到弹子房去打斯诺克。可他却一直都得惦记着照顾你。"

伦尼悲痛地呜咽起来。"我知道，克拉拉姨妈，夫人。我这就跑到山上去，找个山洞住下来，再也不给乔治添麻烦啦。"

"你只是嘴上说说罢了。"她厉声道，"你总是这么说，可是你这个狗娘养的心里清楚得很，你根本就不会这么去做。你就会死缠着乔治，把他气得要死。"

伦尼说："我还不如走了算啦。乔治反正也不会再让我照看兔子了。"

克拉拉姨妈不见了，从伦尼的脑海里蹦出一只巨大的兔子来。他蹲坐在伦尼面前，冲他摆动着耳朵，皱着鼻子。他也用伦尼的声音说话。

"照看兔子。"他鄙夷地道，"你个白痴狗杂种。你连给兔子舔靴子底都不配。你准会忘了喂他们，让他们挨饿的。你就是这种人。到了那时候，乔治会怎么想呢?"

"我才不会忘呢。"伦尼高声道。

"去你娘的不会忘吧。"兔子道，"你还是赶紧下地狱去吧，连个上了油的系索栓子都不如。上帝知道乔治为了把你从臭水沟里拖出来连吃奶的力气都使上了，可是一点用都没有。你要是以为乔治还会让你去照看兔子，那你可真是疯的不能再疯了。他才不会呢。他只会拿一根棍子把你臭揍一顿，这才是他应该做的。"

这时伦尼挑衅地反驳道："他才不会呢。乔治绝不会这么做。我自打——我忘了是什么时候了——就认识了他，他从来就没拿棍子打过我。他对我可好啦。他才不会欺负人呢。"

"哈，他已经对你腻味透啦。"兔子道，"他会把你揍个半死，然后把你扔下一个人走掉。"

"他不会！"伦尼狂叫道，"他绝不会这么做。我了解乔治。我一直都跟他一起走南闯北的。"

可是那只兔子轻声地不断重复道："他会扔下你的，你个白痴狗杂种。他会把你一个人扔下的。他会扔下你不管的，白痴狗杂种。"

伦尼用手捂住耳朵。"他不会，我告诉你他不会的。"他叫了起来，"哦！乔治——乔治——乔治！"

乔治悄悄地从矮树丛里出来，那只兔子匆忙逃回了伦尼的脑袋。

乔治平静地说："你在这儿瞎喊什么呢？"

伦尼原地跪着挺直身体。"你不会扔下我的，是不是，乔治？我知道你不会的。"

乔治直僵僵地走到他跟前，挨着他坐下。"不会。"

"我就知道。"伦尼叫道，"你不是那种人。"

乔治默然无语。

伦尼说："乔治。"

"嗯？"

"我又干了件坏事。"

"已经无所谓了。"乔治道，然后又沉默下来。

只有最高处的山脊还沐浴在阳光中了。山谷中的阴影呈现出柔和的蓝色。远处传来好几个人相互喊话的声音。乔治转过头去听着那喊叫声。

伦尼说："乔治。"

"嗯?"

"你会臭骂我一顿吗?"

"骂你?"

"对呀,就像你以前那样。就像是,'要是没有你,我就拿着我那五十块钱——'"

"耶稣基督啊,伦尼!发生过的事你一概不记得,却记得我说过的每一句话。"

"嗯,你不打算这么说吗?"

乔治强打起精神。他木呆呆地说:"我要是只有一个人的话,日子该过得多么轻省。"他的声音单调已极,没有任何抑扬顿挫。"我可以去找个活儿干,什么糟心事儿都不会有。"他说不下去了。

"说下去啊。"伦尼道,"等到了月底——"

"等到了月底,我就可以拿着那五十块钱,去找家……妓院……"他又说不下去了。

伦尼眼巴巴地看着他。"说下去啊,乔治。你不再骂我啦?"

"不了。"乔治道。

"呃,我可以走啊。"伦尼道,"你要是不要我了,我这就跑到山上去找个山洞待着。"

乔治再次强打起精神。"不。"他说,"我想要你跟我一起待在这儿。"

伦尼很有策略地趁机道:"那你得跟我说道说道,就跟以前那样。"

"说道什么?"

"说道说道别的人怎样，咱们又是怎样。"

乔治说："像咱们这样的人都没有个亲人。他们刚攒了点本钱，马上就挥霍光了。他们在这个世上就没有一个人在乎他们的死活——"

"咱们可不是这样。"伦尼开心地叫道，"现在说说咱们是怎么样的。"

乔治沉默了一会儿。"咱们可不是这样。"他说。

"因为——"

"因为我有你，而且——"

"而且我有你。咱们彼此照应，就是因为这个，咱们是真正有人关心的人。"伦尼得意扬扬地大叫。

傍晚的微风拂过空地，树叶窸窣作响，绿色的潭水泛起粼粼的波纹。人们的叫喊声再次响起，这次比刚才要近得多了。

乔治摘下了帽子。他声音颤抖地说："把帽子摘下来吧，伦尼。这小风吹得人真舒服。"

伦尼听话地脱下帽子，把它放在面前的地上。山谷里的阴影更蓝了，暮色正迅速地到来。顺着风向传来矮树丛中有人强行通过的刮擦声。

伦尼说："说说咱们往后会怎么样。"

乔治一直在凝神听着远处的声音。他一下子变得冷静务实起来。"你朝河对面看，伦尼，这么一来在我说的时候你就像是能亲眼看到一样了。"

伦尼扭过头去，望着水潭的对岸以及正沉入暮色中的加比兰山脉的山坡。"咱们要买下个小农场。"乔治开始说道。他把手伸进侧兜里，摸出了拉尔森的那把卢格尔手枪；他打开保险栓，将握着手枪的手放在伦尼背后的地面上。他看着伦尼的后脑勺，脊椎和颅骨相交的那个地方。

河的上游方向传来一个男人的呼喊声，另一个男人回应了他。

"往下说呀。"伦尼道。

乔治举起手枪，手却颤抖不已，他又把手放回到地上。

"往下说呀。"伦尼道，"往后会是什么样儿。咱们要买下个小农场。"

"咱们会有一头奶牛。"乔治道，"咱们也许还会养一口猪、一群鸡……在咱们的农场里还会……还会有一小块苜蓿地——"

"种了来喂兔子。"伦尼叫道。

"种了来喂兔子。"乔治重复道。

"由我来照看兔子。"

"由你来照看兔子。"

伦尼高兴得咯咯直笑。"就这么靠着土地的出产过活。"

"没错。"

伦尼回过头来。

"别价，伦尼。你就往河对岸那儿看，就好像你能瞧见那片土地似的。"

伦尼听话地照做了。乔治低头望着那把枪。

矮树丛里传来了杂沓的脚步声。乔治回头朝那个方向看了一眼。

"往下说呀，乔治。咱们什么时候能买下那块地?"

"很快就能买下来。"

"我和你。"

"你……和我。那儿的每个人都会对你很友好。再也不会惹出麻烦啦。没有人会伤害别人，也不会偷人家的东西。"

伦尼道："我还以为你会生我的气呢，乔治。"

"不会。"乔治道，"不会，伦尼。我不会生气的。我从来没有当真生过你的气，现在也没有。我想让你知道这一点。"

人声已经很近了。乔治举起手枪，谛听着人声。

伦尼恳求道："咱们现在就去吧。咱们现在就去把那块地买下来吧。"

"好呀，现在就去。我得——咱们确实得动身了。"

乔治举起手枪，稳住了，将枪口对准伦尼的后脑勺。那只手抖动得厉害，但脸上的神情很坚定，手也稳定下来。他扣动了扳机。开枪的那声巨响滚上山坡又滚落下来。伦尼浑身一震，然后就慢慢地向前扑倒在河沙上，没有再颤抖一下。

乔治浑身颤抖，看了看那把枪，然后奋力扔了出去，沿着河岸扔到了那堆陈年的灰烬旁边。

矮树丛里像是充满了喊叫和奔跑的脚步声。斯利姆的声音喊道："乔治。你在哪里，乔治？"

可是乔治直撅撅地坐在河岸上，看着已经把枪扔掉的那只右手。那群人冲进那片小空地，柯利一马当先。他看到趴在河沙上的伦尼。"毙了他了，上帝。"他走上前来，低头看了看伦尼，然后又回头看了看乔治。"正中他后脑。"他轻声道。

斯利姆径直走到乔治跟前，挨着他坐下来，紧紧地挨着他。"不要紧。"斯利姆道，"有时候一个人别无选择。"

可是卡尔森却站在乔治面前。"你是怎么开的枪？"他问道。

"就那样。"乔治疲惫地道。

"是他拿了我的枪吧？"

"对。他拿了你的枪。"

"而你从他手里夺过来，用它把他打死了？"

"对。就是这样。"乔治的声音几乎如耳语一般。他的目光一直都盯着那只曾经拿着枪的右手。

斯利姆拉了拉乔治的胳膊肘。"走吧，乔治。咱们哥俩一起喝一杯去。"

乔治由着他把自己拉起来。"对，喝一杯。"

斯利姆道："你得喝一杯，乔治。你一定得喝一杯才行。跟我走吧。"

他拉着乔治进入那条小径的入口，朝着公路走去。

柯利和卡尔森目送他们远去。卡尔森道："你倒是说说，这俩家伙这到底又是怎么啦？"

珍　珠

"在城里，人们讲着那颗大珍珠的故事——它是怎么被找到，又是怎么再次失去的。人们讲述着渔夫基诺、他的妻子胡安娜，还有他们的婴孩小郊狼。由于这个故事被讲了那么多遍，它已经在每个人的脑海中生了根。而且，就跟留在人们心里的所有那些被反复讲述的故事一样，里面只有截然对立的非好即坏、非黑即白、非善即恶，而绝没有介于两者之间的任何东西。

　　"如果这个故事是个寓言，也许每个人都能从中汲取属于他自己的意义，并把他自己的人生注入故事当中。不管怎么样吧，在城里，人们都说……"

一

基诺在几乎还是黑暗中醒来。群星仍在闪烁，白昼也只在东边低低的天际线上画出了一抹微弱的亮光。公鸡已经啼叫了一段时间，早起的猪群已经开始无休止地拱开小树枝和碎木块，寻找着可能错过的任何可吃的东西。茅屋外面的金枪仙人掌丛中，一群小鸟在啾啾唧唧地拍打着翅膀。

基诺睁开了眼睛，他先是看了看那渐渐亮起来的四方形——那是门，然后看看那个吊着的箱子，小郊狼就睡在里面。最后他扭过头去看他的妻子胡安娜，她挨着他睡在睡垫上，蓝色的披巾盖在她的鼻子和前胸上，围着她的腰。胡安娜的眼睛也睁着。基诺从来就不记得他醒来的时候曾经见到过她的眼睛还闭着。她那双黑色的眼睛就像是亮闪闪的小星星。她也正在看着他，就像每次他醒来时她在看着他一样。

基诺听到沙滩上早晨的海浪轻轻的泼溅声。那很好听——基诺再次闭上眼睛去倾听他的音乐。也许只有他一个人这么做，也许他那个

113

民族所有的人都这么做。他的民族曾经是伟大的歌曲创作者，于是他们看到、想到、做过的或是听到的每样东西都变成了一首歌。那是很久以前的事了。那些歌曲流传了下来；基诺知道它们，可是再也没有新歌加进去了。但那并不意味着就没有属于个人的歌曲了。在基诺的脑海中这会儿就正有一首歌，清澈而又柔和，要是他能够说起这首歌的话，他会把它叫作家庭之歌。

他用毯子盖住鼻子，以抵御湿冷的空气。他的目光猛地转向身旁的一阵窸窣声。是胡安娜起床了，几乎悄无声息。她赤着粗硬的脚朝小郊狼睡的那只悬吊着的箱子走去，她俯身在箱子上，喃喃地说着抚慰的话语。小郊狼抬眼看了一会儿，然后闭上眼睛又睡着了。

胡安娜走到灶坑前，从里面拨出一块炭来，把它扇得着起来，把小柴枝折断加在炭上头。

这时基诺也起了床，用毯子裹住脑袋、鼻子和肩膀。他把脚伸到拖鞋里，走到外面去看破晓的天光。

来到屋外后他蹲下来，用毯子的两头包住膝盖。他看到海湾上有点点的云朵在高空中泛着红光。一头山羊走近来，伸出鼻子闻了闻他，朝他瞪着冷冷的黄色眼珠子。在他身后，胡安娜燃起的火苗已经成为跳跃的火焰，透过茅屋墙上的缝隙射出一道道火光，门口的位置则投射出一块四方形的摇曳的亮光。一只孑遗的飞蛾汹汹地进屋扑火而去。家庭之歌此刻从基诺的身后传来。家庭之歌的节奏就是磨石的碾动，那是胡安娜在碾碎玉米，做早餐吃的饼子。

黎明来得很快，一抹淡彩，一道红晕，一片亮光，然后就是一团火焰喷薄而出，太阳已经从海湾中升起。基诺垂下眼皮，以躲避那炫目的光芒。他能听到屋里拍打玉米饼子的声音，闻到玉米饼子在鏊子上散发出来的浓香。蚂蚁在地上奔忙，巨大的黑蚁有油光光的身躯，也有跑得飞快的灰扑扑的小蚂蚁。基诺以上帝般超然的目光眼看着一只灰扑扑的蚂蚁发狂地想从一只蚁狮为它挖下的沙坑里逃脱出来。一只怯生生的瘦狗走上前来，基诺一句温言的召唤，它就把身体蜷缩起来，尾巴整齐地盘在爪子上，下巴轻轻地搁在蜷成一团的身体上。这是条黑狗，原本该长眉毛的地方生着金黄色的斑点。这是个就像其他的早晨一样的早晨，然而又是一个异常完美的早晨。

基诺听到绳子的嘎吱声，那是胡安娜把小郊狼从悬吊的箱子里抱出来，为他清理干净，然后把他放进用披巾在胸口围成环状做成的小吊床里。基诺不用去看就能看到这些。胡安娜柔声唱着一首古老的歌曲，只有三个音符，音程却有着无止境的变化。这也是家庭之歌的一部分。一切都是其中的一部分。有时候它会升高到一个简直会令人心痛的和音，哽在喉咙里，诉说着这就是安全，这就是温暖，这就是完满。

隔着篱笆墙还有其他的茅屋，也有炊烟从那些茅屋里冒出来，也有做早饭的声音，但那就是别的歌曲了，他们的猪是别的猪，他们的妻子不是胡安娜。基诺年轻而又健壮，他的黑头发覆盖在棕色的前额上。他的眼睛热情、凶猛而又明亮，他的小胡子稀疏而又粗硬。他现在把毯子从鼻子上拉了下来，因为黑暗有毒的空气已经消散，黄澄澄的阳光照射在茅屋上。篱笆墙根那儿，两只公鸡低着头在相互佯攻，挓挲着翅膀，颈毛直竖起来。那将是一场笨拙的打斗。它们可不是斗鸡。基诺观察了它们一会儿，然后抬起眼睛注视着一群野鸽在阳光的照耀下一闪一闪地从内陆向山间飞去。世界已经苏醒过来，基诺也站起身，朝他的茅屋里走去。

他进门的时候，胡安娜从炉火熊熊的灶坑前站起身。她把小郊狼放回到悬吊的箱子里，然后梳理她的黑发，把它编成两条辫子，辫梢用一根细细的绿色缎带扎在一起。基诺蹲在灶坑前，卷起一张热玉米饼子，蘸了点酱料吃下去。然后他喝了点龙舌兰酒，这就是早饭了。他所知道的早饭就这么一种，仅有的例外就是宗教节日和有一次狂欢节他猛吃小甜饼差点儿被撑死。基诺吃完后，胡安娜回到灶头吃她的早饭。他们也曾交谈过，但如果说话只是一种习惯的话，那就多说也无益了。基诺心满意足地叹了口气——这就等于夫妻间的交谈了。

太阳正渐渐地将茅屋晒暖，透过裂缝照进一道道长长的光斑。有一条光斑照在小郊狼睡的那个悬吊的箱子上，有一条照在悬挂箱子的绳子上。

有个微小的动作将他们的目光吸引到了悬吊的箱子上。基诺和胡安娜一时间呆在了原地，无法动弹。沿着那条将箱子悬吊在房梁上的绳子，一只蝎子正缓缓地向下爬。它那螫人的尾巴直直地拖在后面，但随时都能一下子挺立起来。

基诺的呼吸急促得在鼻孔里咝咝作响，他张开嘴巴止住声响。然后，震惊的神情从他脸上，僵硬的感觉也从他身上消失了。他脑海中已经响起了一首新歌——邪恶之歌，敌人的音乐，任何一种家庭仇敌的音乐，一种野蛮、隐秘、危险的旋律，而在它底下，家庭之歌在哀伤地呼喊。

蝎子沿着绳子小心翼翼地朝那只箱子爬去。胡安娜悄声念诵着一句古老的咒语来抵御这样的祸患，除此以外还咬紧牙关喃喃地默诵万福马利亚。而基诺已经行动起来。他的身体轻轻地滑到茅屋的那一头，平稳流畅而又悄无声息。他双手伸在前面，手掌朝下，眼睛紧盯着那只蝎子。蝎子下面的箱子里，小郊狼呵呵地笑着，朝它伸出手去。在基诺几乎够得着它的时候，它感受到了危险。它停下来，蝎尾轻轻抽搐着竖起到脊背上方，蝎尾上的那根弯刺闪闪发光。

基诺纹丝不动地站在那里。他能听到胡安娜又在悄声念诵那句古老的咒语，他能听到那邪恶的敌人的音乐。蝎子不动他就不能动，它在探寻着那正在逼近的死亡之源。基诺的手非常缓慢、非常平稳地向前伸去。那带刺的蝎尾一下子竖得笔直。就在那一刻，呵呵笑着的小郊狼晃动了一下绳子，蝎子掉了下去。

基诺的手飞速伸过去抓它，可是它就从他的手指缝里漏了过去，掉在婴孩的肩膀上，站稳脚跟，蜇了下去。基诺随即咆哮着抓住了它，用手指捏住，在手心里揉得稀烂。他把它扔到地上，用拳头生生砸进了泥地里，小郊狼在箱子里疼得尖叫起来。可是基诺仍旧不停地拳打脚踹着那个敌人，直到泥地上只剩下一丁点碎屑和一小块湿印子。他的牙齿龇了出来，眼里燃烧着怒火，敌人之歌在他的耳朵里咆哮轰鸣。

不过胡安娜已经把孩子抱在了怀里。她发现蝎子的蜇痕已经开始红肿起来。她把嘴唇凑上去猛吸里面的毒液，吐掉，吐掉以后又吸，而小郊狼一直在尖叫。

基诺犹疑不决；他无可奈何，他手足无措。

孩子的尖叫招来了邻居。他们从自己的茅屋里跑了出来——基诺的哥哥胡安·托马斯和他肥胖的妻子阿波罗妮娅还有他们的四个孩子挤在门口，堵塞了通道，在他们身后的其他邻居也都想朝里面看，有个小男孩从人们的大腿中间爬进来观看。前面的人传话给后面的人听——"是蝎子。宝宝被蜇了。"

胡安娜停了一会儿，没有再继续吮吸。那个蝎尾扎出来的小孔稍稍变大了些，边缘由于吮吸变白了，但是红肿继续在向周围蔓延，中间隆起了一个硬硬的淋巴肿块。在场的所有人都知道蝎子的厉害。被它蜇一下，一个大人都会元气大伤，更何况是个婴儿，很容易会被蝎毒害死的。大家都知道，先是会红肿，会发烧，喉咙会肿胀，然后腹部会痉挛，再然后，如果进入身体的蝎毒够多的话，小郊狼就有可能会送命。不过，螫伤的刺痛渐渐过去了。小郊狼的尖叫也变成了呻吟。

基诺常常为他那位无比耐心而又柔弱的妻子表现出来的坚强感到惊讶。她，这个柔顺、恭敬、乐乐呵呵而又无比耐心的女人，她可以弓起身子强忍住产痛，几乎一声不吭。她可以忍饥挨饿、吃苦耐劳，几乎比基诺这个大男人都强。在独木舟里，她表现得就像个坚强的男子汉。而现在，她又做出了一件最出人意料的事情。

"医生。"她说，"去请个医生。"

这句话在邻居们当中传开了，他们在篱笆墙围成的小院子里挤成了一团。他们相互间不断重复："胡安娜要请个医生。"要请个医生，这可是件令人惊奇的事，一件值得纪念的事。要能把医生请来那将是件了不起的大事。医生从不到他们这片茅屋草舍中来。他既然照顾那些城里面住在石头和灰泥房子里的有钱人都忙不过来，又怎么会到这里来呢？

"他不会来的。"院子里的人道。

"他不会来的。"门口的人道，这想法也进入了基诺的脑子里。

"医生是不会来的。"基诺对胡安娜道。

她抬头望着他，眼睛就像母狮的眼睛一样冰冷。这是胡安娜的头生——这几乎就是胡安娜世界里所有的一切。基诺看出了她的决心，那家庭的音乐以钢铁般的音色在他头脑中奏响。

"那我们就去找他。"胡安娜说，她用一只手将深蓝色的披巾蒙住头，用披巾的一端做成了个背带，兜住正在呻吟的孩子，另一端做成一块遮布，罩在他眼睛上挡住亮光。站在门口的邻居往后面的人身上推挤，让出一条通道让她过去。基诺跟在她身后。他们走出大门，踏上满是车辙的小道，邻居们全都跟着他们。

这件事已经成了街坊邻里的一个重大事件。他们组成了一个脚步轻盈、行动迅速的队列，朝市中心开拔，胡安娜和基诺走在最前面，后面是胡安·托马斯和阿波罗妮娅，她的大肚子随着迅疾的步伐左右晃动。黄色的太阳将他们黑色的身影投射到他们前面，所以他们全都走在自己的影子上。

他们来到了茅屋草舍的尽头，石头和灰泥的城市由此开始，城里的住房都有粗糙的外墙环绕，里面有阴凉的花园，园子里有小喷水池在喷水，九重葛用紫红、砖红和雪白的花朵将墙壁盖了个严实。他们听到隐秘的花园里传来笼鸟的啁啾，听到沁凉的流水洒落在热石板上的泼溅声。队列穿过烈日炫目的广场，从教堂前走过。那个队列已经越来越大，外围匆忙加入的新来者听之前加入的人轻声告诉他们那个婴儿如何被一只蝎子给蜇了，婴儿的父母如何决定要带他来看医生。

那些新来的，尤其是那些教堂门前的乞丐，他们可是擅长财务分析的大师，瞥一眼胡安娜身上敝旧的蓝裙子，看到她披巾上的破洞，掂量一下她辫子上的绿色缎带，估摸一下基诺披着的毯子的年岁以及那身洗过千百遍的衣服，马上就可以断定他们是穷人，便想跟了去看看会有什么样的戏码上演。教堂门前的那四个乞丐对城里的一切都了如指掌。年轻女人走进去做告解的时候，他们会仔细研究她们的表情，等她们出来的时候再看上一眼，就能解读出她们犯下的是什么性质的罪孽。每一样微不足道的丑闻和每一桩非同小可的罪行他们全都洞若观火。他们就睡在教堂阴影下的岗位上，所以不管是谁想溜进去寻求安慰都休想逃过他们的法眼。而且他们也深知那位医生的为人。他们深知他的无知，他的残忍，他的贪婪，他的嗜欲，他的罪愆。他们深知他做的那些笨拙的堕胎手术以及他难得施舍的那几个棕色的小钱。他们亲眼看到他的病人的尸体被抬进教堂。这个时候早弥撒已经结束，生意非常清淡，他们乐得跟随大队人马——这些渴望洞悉他们的同胞所有秘密的永不餍足的探寻者们——去看看那个肥胖懒惰的医生会如何对待一个被蝎子螫了的贫穷的婴孩。

这支疾步前进的队伍终于来到了医生住宅围墙上的那扇大铁门前。他们能听到喷溅的水声、笼鸟的啼鸣和长扫帚在石板地上扫过的声音。他们也能闻到医生住宅里煎上等培根的香味。

基诺犹豫了片刻。医生跟他可不是一个民族的。这位医生所属的民族近四百年来一直都在鞭打、冻饿、抢劫和鄙视基诺的民族，也一直都在吓唬他们，因此土著们只要来到他们的门前都会低声下气。就如同每次走近这个民族中的某个人一样，基诺同时感觉到软弱、害怕和气愤。狂怒和恐惧交织为一体。让他杀了他也比要他跟医生说话更容易做得到，因为医生这个民族的所有人跟基诺这个民族的所有人说起话来的时候，就仿佛他们都是头脑简单的牲畜似的。当基诺抬起右手去拍打大门上的铁门环时，他一下子就感觉怒火填膺，敌人之歌的音乐在他耳朵里砰砰地震响，他的嘴唇缩起来，紧贴着牙齿——可与此同时，他又抬起左手去摘帽子。铁门环敲响了大门。基诺摘下帽子站在那儿等着。小郊狼在胡安娜的怀里轻轻呻吟了两声，她柔声抚慰着他。队伍挤上前来，以便于更好地观看和倾听。

过了一会儿，大门开了几英寸的一道缝。基诺透过这道缝隙能看到花园里凉爽的绿荫和小小的喷泉。那个从里面望着他的人跟他是一个民族的。基诺用本族语跟他说话。"小家伙——头生子——被毒蝎子螫了。"基诺道，"需要治疗师的法术。"

大门关上了一点，那仆人不肯用他们本族语跟他说话。"等一会儿。"他说，"我进去通禀一声。"然后他就把大门关上并且上了闩。耀眼的太阳将这群人连成一串的影子黑沉沉地投射在白墙上。

医生坐在卧室里高高的床上。身上穿着从巴黎运来的红色波纹绸晨衣，要是扣上扣子的话胸口部位就有点紧了。大腿上放着一个银质托盘，上面有把银质热可可壶和一只薄胎瓷的小茶杯，纤巧得在他那只大手里显得非常可笑，他只用拇指和食指尖捏住杯把儿，另外三个手指只能远远地伸开以免碍事。他的眼睛陷在肿胀的小肉窝里，嘴巴不满地耷拉着。他越来越胖，嗓音因为肥肉挤压着咽喉而变得粗嘎了。他旁边的一张桌子上放着一面东方的小锣和一钵香烟。房间里的陈设沉重、暗沉而且阴郁。墙上的画儿都是宗教题材，就连他亡妻那巨大的着色照片都像是《圣经》里的人物，如果她在遗嘱中规定要做的、从她自己的遗产中开支的那些弥撒真正有用的话，她确实也该进了天堂了。医生年轻时曾短时间混迹于上流社会，打以后他的余生都用来回忆和向往法兰西。"那，"他说，"才是文明的生活呢。"他这句话的意思是，凭借一笔小小的收入他就能供养一个情妇、吃吃小馆子。他又给自己倒了一杯热可可，用手指捏碎了一块小甜饼干。从大门口进来的那个仆人走到敞开的门前，站在那儿等着回话。

"什么事？"医生问。

"有个小印第安人带了个娃娃。他说娃儿给蝎子螫了。"

医生先是轻轻地把杯子放下，然后才让怒火升起来。

"难道我就没别的事可做了，只能给'小印第安人'医治蚊虫叮咬了吗？我是个医生，不是个兽医。"

"是，老爷。"仆人道。

"他有钱吗？"医生问道，"没有，他们从来都一文不名。我，这世界上只有我，就该白给人家累死累活——我厌烦透了。去看看他有没有钱！"

在大门口，仆人把门开了一点点，往外看着那些等着的人。这次他用本族的语言说话了。

"你有钱付诊疗费吗?"

基诺于是把手伸进毯子底下一个隐秘的地方。他摸出一张叠了好几层的纸来。他一层一层地把它摊开,直到最后才露出八颗畸形的小珍珠,就像小溃疡一样丑陋而又灰暗,扁了吧唧的,几乎一文不值。仆人接过那张纸,又把大门关上,不过这次他去的时间不长。他只把门开了一道缝,刚够把那张纸递出来。

"医生外出了。"他说,"他被人请去看一个危重病人了。"然后出于羞愧,他忙不迭地关上了大门。

一股羞耻的浪潮席卷了整个队伍。大家很快就散开了。那几个乞丐又回到了教堂的台阶上,那些流浪汉游荡到别的地方去了,邻居们也都四散开来,免得继续眼看着基诺当众受辱。

基诺和胡安娜在大门前呆立了良久。他慢慢地将表示求恳而摘下的帽子戴回去。然后,他毫无预兆地突然朝大门上猛击了一拳。他低下头,惊讶地看着他那裂开的指关节和从指缝间流下来的鲜血。

二

　　这座城依偎在一个宽阔的入海口上，它那些古老的黄色灰泥的建筑环抱着海滩。海滩上排列着来自纳亚里特[1]的蓝白两色的独木舟，这些小舟世世代代都用一种坚固的贝壳一样的防水灰泥维修保养，这种灰泥的制作方法是渔民独守的秘密。这些独木舟舟身高而优美，有弧形的船艏和船艉，有装有船桁的船舷，可以在桅座上竖起一根桅杆，挂上一面小三角帆。

　　海滩是一片黄沙，不过水边却是贝壳和海藻的乱葬堆。招潮蟹在沙滩的洞穴里冒泡吐沫，浅滩里的小个儿龙虾在乱葬堆和沙滩中间的小窝里钻进钻出。海底里满是爬行、游泳和正在生长的生物。褐色的海藻在轻柔的海流中挥舞招展，绿色的大叶藻左右摇摆，小海马紧紧地扒在它的梗子上。浑身斑点的河豚鱼——那种有毒的鱼——躺在海底的大叶藻

1　纳亚里特，墨西哥西部州名。

苗床上，颜色亮丽的梭子蟹就在它们上面蹦蹦跶跶地奔来奔去。

海滩上，城里的饿狗和饿猪无休止地寻觅着可能被涨潮带上岸来的死鱼或是死鸟。

虽然天光尚早，迷蒙的海市蜃楼已经出现了。那将某些东西夸大、又将其余的东西遮蔽的无常的大气笼罩在整个海湾上，如此一来，便将所有的景象都化作了不真实，人的视觉统统都变得无法信赖；于是无论是海上还是陆上，有的景象无比清晰，有的又像梦境一样模糊。或许正是为此，海湾的居民才宁愿相信精神和想象中的事物，而不肯相信亲眼所见的距离或是轮廓，以及任何视觉意义上的精确性。从城里眺望对面的港湾，一部分红树林就像用望远镜看到的那样轮廓分明，而另一丛红树林则只是一个模糊的墨绿色斑点。部分远处的海岸线消融为一抹水样的粼粼微光。目光所及，没有任何的确定性，你看到的东西到底是不是真的存在都无法得到证明。海湾中的居民于是就以为所有的地方都是这样的，他们也不觉得这有什么好大惊小怪的。一片黄铜色的雾霭悬在水面上，炎热的朝阳直射在上面，使得它微微颤动，令人目眩神迷。

渔民们住的茅屋离开海滩一段距离，在小城的右手一侧，他们的独木舟则停靠在居住区的前面。

基诺和胡安娜慢吞吞地来到海滩，走到基诺的独木舟前，这是他在这个世界上拥有的一样非常珍贵的东西。舟很旧了。那还是基诺的祖父从纳亚里特带了来的，他把它传给了基诺的父亲，又由他父亲传给了他。它既是财产又是饭碗，因为一个男人有了一条船就能保证一个女人吃上饭。它就是防御饥饿的壁垒。每年基诺都要用那坚固的贝壳一样的灰泥将他的小船整修一遍，那秘方也是他父亲传给他的。现在他来到小船旁，像往常那样温柔地摸了摸船舷。他把他的潜水石、他的篮子和两根绳索放在小船旁边的沙滩上。然后他把毯子叠起来，放在船艄上。

胡安娜把小郊狼放在毯子上，又把她的披巾盖在他身上，这样炎热的太阳就晒不着他了。他现在安静了下来，不过肩膀上的红肿已经蔓延到脖子上和耳朵后面，脸也肿了起来，发起了烧。胡安娜来到水边，蹚进水里。她采了些棕色的海藻，做成一块扁平的、湿乎乎的药糊，把它敷在孩子红肿的肩膀上，这其实是种很好的疗法，也许比医生的手段还要高明些。可是这种疗法缺乏他的那种权威性，因为它太简单，而且不用花一分钱。小郊狼的腹部并没有痉挛。也许胡安娜已经及时把毒液吸了出来，可是她为这个头生子感到的焦虑并没有被吸出来。她并没有直接为孩子的痊愈而祈祷——她祈祷的是他们能采到一颗珍珠，以便请医生为孩子诊治，因为人们的头脑就像海湾里的海市蜃楼一样虚无缥缈。

基诺和胡安娜一起把独木舟从海滩上推到水里，等到船艄一浮起来，胡安娜就爬上去，而基诺继续把船艄往水里推，在旁边蹚着水，直到船艄也轻轻地浮了起来，随着小小的碎波轻轻摇晃。然后胡安娜和基诺就一起合力摇起了双叶宽桨，于是独木舟斩开一道水波，咻咻地迅速向前驶去。其他的采珠人早就已经出发了。不一会儿，基诺就看到他们在薄雾中三五一丛，漂浮在牡蛎养殖场上方。

阳光透过海水照射到养殖场上，贝壳花纹宛如荷叶边的珍珠贝紧紧地扒在满是碎石的海床上，海床上遍布着已经被撬开的破碎的贝壳。就是这片养殖场在过去的岁月中使西班牙的国王成为欧洲的一位霸主，使他有钱支付军费，而且为他灵魂的得救装饰了无数教堂。灰色的牡蛎贝壳就像是百褶裙的褶边，有的牡蛎壳上长满藤壶，褶边上挂着一丝丝海草，还有小螃蟹在上面爬来爬去。这些牡蛎会碰到某次意外，一粒沙子会掉入肌肉的褶皱中，对贝肉产生刺激，直到贝肉出于自我保护的本能用一层光滑的胶结质将沙粒裹住。可是这个过程一旦开始，贝肉就会持续不断地一层层地包裹这个外来物体，直到它在潮汐水流的冲刷下掉落出来或者那个牡蛎被毁灭才会终止。多少个世纪以来，采珠人都会潜入海底，把牡蛎从贝床上掰下来，把贝壳撬开，寻找那被层层包裹起来的沙粒。生活在贝床附近的许多鱼群就靠采珠人扔回来的牡蛎过活，一点点地啃咬那闪闪发光的内壳。可是珍珠可遇不可求，找到一颗就是运气，是上帝或者诸神或者两者一起在你背上轻轻地一拍。

基诺有两根绳索，一根拴在一块沉重的石头上，一根拴在他的篮子上。他脱掉衬衣和裤子，把帽子放在独木舟的舱底。水面像浮着一层油一样平滑。他一手拿着石头，另一只手拿着篮子，他把脚从船舷的一侧伸入水中，那块石头带着他沉入水底。一串气泡在他背后升起，慢慢地，水重又澄清，他能看见东西了。头顶上的水面就是一面波状起伏的明亮的镜子，他能看到独木舟的船底穿透了镜面。

基诺移动得小心翼翼，这样水就不会被泥或沙子搅混。他一只脚勾在石头的环子上，两只手迅速地工作，把牡蛎从贝床上掰下来，有的一只一只，其余的一簇一簇地往下掰。掰下来的牡蛎就放到篮子里。在有的地方，牡蛎全都彼此紧紧地依附在一起，所以一掰就是一大团。

现在，基诺的民族已经为每一样发生或者存在过的事物都歌唱过了。他们为鱼作过歌，为发怒的和平静的大海作过歌，为光明和黑暗、太阳和月亮作过歌，这些歌全都蕴藏在基诺和他同族人的心里——每一首曾经作过的歌，甚至那些已经被忘却的。当他装满他篮子的时候，那首歌就在基诺的心里唱响了，那首歌的节拍就是他的心脏从他憋住的那口气里面吸收氧气时的怦怦跳动，那首歌的旋律就是那灰绿色的海水、那些急促奔逃的水生小动物，以及那轻快地游来又游走的鱼群。不过在这首歌当中还有一首内心深处隐秘的小歌，几乎察觉不到，却又一直都在，甜蜜、隐秘而又挥之不去，几乎隐身在那复调的旋律中，这就是那"可能会有的珍珠之歌"。机会极为渺茫，不过运气和诸神也许会暗中成全。基诺知道，在他头顶上的独木舟里，胡安娜也正在施展祈祷的神力，她的脸和身上的肌肉全都绷得很紧，去促成，去从诸神的手中把运气抢夺出来，因为她需要这运气治好小郊狼那红肿的肩膀。而因为这需要是如此迫切，这愿望是如此强烈，今天上午的这首"可能会有的珍珠之歌"那隐秘的小旋律也就格外铿锵有力。一个个完整的乐句都清晰而又柔和地在海底之歌中呈现出来。

基诺因为骄傲、年轻而又强壮，能够毫不费力地在水底停留两分钟时间，所以他干得从容不迫，只挑选那些最大个儿的珠贝。因为受到了惊扰，那些牡蛎的壳全都紧紧地闭上了。在他右手边很近的位置，一个圆圆的碎石小丘向上突起，遍布着还不能采的小个儿牡蛎。基诺紧挨着这小丘移动，然后，就在这小丘旁边，在一块小小的突起下面，他看到一个很大的牡蛎独自扒在那里，壳上没有附着任何同类。它的壳半张着，因为那块突起保护着这个老牡蛎，在它那嘴唇样的肌肉当中，基诺看到幽微的一闪，然后贝壳就闭紧了。他的心脏怦怦地奏出沉重的节奏，那"可能会有的珍珠之歌"的旋律在他耳朵中响得刺耳。他慢慢地把那个牡蛎撬下来，把它紧贴在自己胸口上。他踢掉套住脚的石头上的绳环，身体上升到水面，他黑色的头发在阳光下闪烁。他把手伸得高过船帮，把那个牡蛎放进船舱。

然后胡安娜稳住小船让他爬上来。他眼睛里闪着兴奋的光，不过他仍旧强自镇定地把石头拉上来，然后又把那一篮子牡蛎拉上来，提到舱里来。胡安娜感觉到了他的兴奋，假装把目光别开了。过于渴望一样东西是不好的。有时候那样反而会把运气吓跑了的。你的渴望必须恰到好处，你对待上帝或者诸神一定要非常乖巧。可是胡安娜仍旧喘不上气来。基诺非常缓慢慎重地打开了他锋利的短刀。他若有所思地望着篮子。也许还是最后再开那个牡蛎比较好。他从篮子里拿起一个小牡蛎，切开肌肉，在蚝肉的一层层褶皱中寻找，然后把它扔进水里。这时他才好像是第一次看到那个巨大的牡蛎似的。他在舱底蹲下，拿起那个牡蛎仔细观瞧。贝壳上的沟纹闪着光，是从褐色到黑色的两种颜色，只有几只很小的藤壶附着在贝壳上。现在基诺反而不大情愿剖开它了。他在水底见到的，他知道，也许只是一道反射光、一片偶然漂进去的小贝壳，也可能纯粹就是一个幻影。在这个充满了变幻莫测的光影的海湾里，幻影比现实的数量还要多。

可是胡安娜的眼睛正在看着他，她不能再等了。她把手放在小郊狼盖着披巾的头上。"剖开它。"她轻声道。

基诺娴熟地将刀刃顺着贝壳的边缘插进去。透过刀子他能感觉到牡蛎的肌肉缩得极紧。他把刀刃猛地一撬，闭合的肌肉松开了，贝壳也随之打开。嘴唇似的蚝肉扭动地鼓起，然后就陷了下去。基诺把蚝肉掀起，下面就藏着那颗巨大的珍珠，像满月般完美无瑕。它摄取光线，加以提炼，反射出璀璨的银光。它大得像一颗海鸥蛋。它是世上最大的珍珠。

胡安娜屏住呼吸，发出一声轻轻的呻吟。那"可能找到的珍珠之歌"的隐秘旋律冲着基诺轰然奏响，美丽、热烈、温暖、愉悦，热情洋溢、志得意满而又欢欣鼓舞。在这颗大珍珠的表面上，他能看到梦的形体。他把那颗珍珠从正在死亡的蚝肉中拣出来，放在掌心，他把它翻了个个儿，看到它的曲线完美无缺。胡安娜走上前来目不转睛地望着他手里的珍珠，那正是他捶击医生大门的那只手，指节上破损的皮肉被海水泡成了灰白色。

胡安娜本能地走到躺在他父亲毯子上的小郊狼身边。她把那海草做的敷药揭开来看了看肩膀。"基诺!"她尖声叫道。

他的目光越过那颗珍珠，看到红肿正从孩子的肩膀上退去，蝎毒也正从他体内消散。于是基诺握紧拳头攥住珍珠，再也抑制不住澎湃的激情。他把头向后一仰，大声号叫起来。他的眼睛向上翻转，他尖叫不已，他身体绷得笔挺。其他独木舟里的人抬起头来，惊愕不已，然后他们就把桨插进水里，飞快地朝基诺的独木舟靠拢过来。

三

一个城市就像是一种群居动物。一个城市有它的神经系统,有脑袋,有肩膀,也有脚。一个城市是一种跟别的城市完全分离的东西,所以没有两个相像的城市。而且一个城市具有一种整体性的情感。消息怎样传遍一个城市是一个不容易解开的谜。消息传播起来的速度似乎比小男孩们迫不及待地飞奔到各处去告诉大家还要快,比女人们隔着篱笆喊叫给邻居们听还要快。

还没等基诺、胡安娜和别的渔民回到基诺家的茅屋,那个城市的神经已经随着这个消息勃勃跳动和震颤起来——基诺采到了世界之珠。还没等小男孩们气喘吁吁地说出那几个字,他们的母亲就已经知道了。这个消息席卷了整个茅屋草舍的居住区,然后像喷吐着泡沫的海浪,涌入那石头和灰泥的市区。它来到了正在自己的花园里散步的司铎那里,使他的眼中出现了一种若有所思的神情,使他想起教堂里有哪些部分必须进行修缮了。他不知道那颗珍珠到底价值几何。他不记得是

130

否给基诺的孩子施过洗礼，或者有没有给基诺主持过婚礼。那消息来到了开店的掌柜们那里，他们便看了看那些销路不太好的男性服装。

消息来到了医生那里，他正和一个女人坐在一起，她唯一的病症就是上了年纪，但是她和医生都不会承认。等弄明白了基诺到底是谁时，医生变得既坚定又明智了。"他是我的一个客户。"医生道，"我正为他的孩子治疗蝎子的螫伤。"医生的两只眼睛在肥厚的眼窝里往上翻了一下，他想起了巴黎。在他的记忆中，他住过的那个房间变成了奢华的豪宅，跟他同居过的那个其貌不扬的女人变成了一个美丽而又体贴的少女，尽管她既不美丽又不体贴，也根本不是个少女。医生的目光越过面前这个年老的女病人，看到他自己坐在巴黎的一家餐馆里，一个侍者正在开一瓶红酒。

消息早就传到了教堂前的乞丐们那里，这让他们高兴得咯咯笑了一会儿，因为他们知道世上再也没有比一个突然走了运的穷人更加慷慨的施主了。

基诺已经采到了世界之珠。在城里的那些小小的事务所里，坐着从渔民手里收购珍珠的人。他们守株待兔地坐在那儿等着珍珠送过来，然后就开始叽叽呱呱、争吵不休、大喊大叫、威胁恐吓，直到他们达到渔夫们能够接受的最低出价为止。不过，他们压价也不敢超过一个限度，因为已经出现过这样的情况：一个渔夫在绝望之下干脆把珍珠献给了教堂。买卖做成以后，这些买家就一个人坐在那儿，用手指不断把玩着那些珍珠，他们希望这些珍珠果真归他们所有就好了。因为究其实并没有很多买主——事实上只有一位大买家，他把这些代理人安置在不同的事务所里不过是为了造成一种竞争的假象。消息也传到了这些人那里，他们的眼睛眯缝起来，他们的手指尖有点烧灼感，每个人都在琢磨那大老板也不可能永远活着，一定也得有人取代他的位置。

131

每个人也都在琢磨有了点本钱，他就会如何有了一个新的开始。

　　各种各样的人都对基诺产生了兴趣——有东西想卖的人以及想求人施恩帮忙的人。基诺已经采到了世界之珠。珍珠的本质与人的本质一掺和，一种奇特的黑暗渣滓就沉淀了出来。每个人都突然之间跟基诺的珍珠发生了关系，基诺的珍珠进入了每个人的梦想、投机、谋划、设计、未来、希望、需要、欲念和饥渴，而只有一个人挡在路上，那就是基诺，所以他就莫名其妙地变成了每个人的敌人。这个消息将城里某种极其黑暗和邪恶的东西搅动了起来；黑色的馏出物就像是那只蝎子，或者像是食物的香味引起的饥饿，或者像是被爱拒绝之后的孤独。这个城市的毒囊开始分泌毒液，于是整个城市便因为它的压力膨胀和肿胀起来。

　　可是基诺和胡安娜并不知道这些事情。因为他们开心而又兴奋，他们就以为每个人都会分享他们的喜悦。胡安·托马斯和阿波罗妮娅确实是这样的，而他们也就是这整个世界。下午，当太阳已经翻过半岛上的群山，沉到外面的大海里时，基诺在自己家里蹲着，胡安娜就在他身边。茅屋里挤满了邻居。基诺用手托着那颗大珍珠，它在他的手里温暖而有生命。珍珠的音乐已经跟家庭的音乐融为一体，于是二者相互成全，各臻其美。邻居们望着基诺掌心中的那颗珍珠，他们都不敢相信这样的运气竟会降临到任何人身上。

　　于是胡安·托马斯，他蹲在基诺的右手边因为他是他哥哥，问道："既然你已经成了个有钱人，你打算做什么？"

　　基诺朝他的珍珠里望着，胡安娜垂下睫毛，用披巾把脸遮住，这样她的兴奋就不会被人看见了。在珍珠那璀璨的银光中，基诺曾经考虑过但因为没有实现的可能已经放弃了的东西，逐渐汇聚成一幅幅画面。在珍珠中，他看到胡安娜、小郊狼和他自己站在又跪在高高的圣坛上，既然他们现在出得起钱了，他们是在举行婚礼。他轻声道："我们要举行婚礼——在教堂里。"

在珍珠里，他看到他们都是怎么打扮的——胡安娜披着一条簇新得发硬的披巾，穿了一条新裙子，从长长的裙摆下面基诺能看到她还穿着鞋子。这些就在那颗珍珠里面——那幅画面在里面熠熠生辉。他本人则穿着一身簇新的白衣服，手里还拿着一顶帽子——不是草帽，而是上好的黑毡帽，他也穿着鞋子——不是凉鞋而是系鞋带的皮鞋。而小郊狼呢——他才是独一无二的——他穿了一身美国货的蓝色水手服，戴了一顶鸭舌帽，就跟基诺有一次在一艘豪华游艇驶进海港时看到过的一模一样。所有这些基诺全都在那颗灿烂的珍珠中看到了，于是他说："我们要买新衣服。"

于是珍珠的音乐就像是小号的合奏般在他耳朵里响起。

然后，在珍珠那优美的灰色表层中，浮现出基诺想要的那些小东西的图像：一把鱼叉，好顶替一年前他丢了的那一把，一把崭新的铁制鱼叉，在叉尖上还要有个小环；还有——他几乎都不太敢想——一支来复枪——可是为什么不呢，既然他都这么有钱了。基诺在珍珠里看到了基诺，那个基诺拿着一支温切斯特卡宾枪。那是最狂野的白日梦，又让人无比愉快。他的嘴唇犹犹豫豫地嗫嚅道——"一支来复枪。"他说，"也许要一支来复枪。"

是那支来复枪突破了障碍。这本是不可能的一件事，如果他能想到要一支来复枪，那整个的界限也就被炸裂了，他就可以横冲直撞了。因为据说人是永远都不会知足的，你给了他们一样东西，他们就会想要另一样。这种说法原本是意在表示贬抑的，然而它却正是人类这个物种最伟大的天赋之一，也正是这一点才使得人类比所有安于现状的动物都更为优越。

邻居们一声不响地紧紧挤在屋子里，为他那些疯狂的想象频频点头。一个站在后面的男人喃喃道："一支来复枪。他就要有一支来复枪啦。"

不过此时那珍珠的音乐在基诺心中正得意扬扬地奏响着最高音。胡安娜抬起头来，她的眼睛因为基诺的勇气和想象力而睁得老大。电流一样的力量充溢了他全身，现在禁锢他的界限已经被一脚踢开。在珍珠中，他看到小郊狼坐在学校里的一张小课桌后面，就跟基诺有一次透过一扇打开的门看到的一模一样。小郊狼穿了件夹克衫，戴着个白色衣领，打了条很宽的丝质领带。更加不寻常的是，小郊狼正在一张巨大的纸上写着字。基诺恶狠狠地盯着他的邻居们。"我的儿子要去上学。"他说，邻居们一下子安静了下来。胡安娜急剧地喘了口气。她看着他时目光异常明亮，然后她又急忙低头去看她怀里抱着的小郊狼，看看这到底有没有可能。

可是基诺的脸上闪耀着先知一样的光彩。"我的儿子将要念书识字，我的儿子将要写字并且懂得书写的内容。我的儿子将学会计算，而这些东西将使我们获得自由，因为他将懂得如何获得自由——他将懂得，而通过他我们也将懂得。"在珍珠中，基诺看到他自己和胡安娜蹲在茅屋里小小的灶火旁边，而小郊狼则在念一本大书。"这就是这颗珍珠将要做的事。"基诺道。他这辈子总共都没说过这么多的话。突然间他为自己说的这些话害怕了起来。他把手掌合拢盖住了珍珠，也就遮住了它的光芒。基诺感到害怕，就像一个口口声声说"我要"却又不知道该如何去获得的人感到害怕那样。

现在，邻居们都知道他们已经亲眼见证了一个了不起的奇迹。他们知道时间从此就要由基诺的珍珠这里开始算起了，在将来的多少岁月中间，他们都会对这一刻反反复复地进行讨论。如果这些事情全都实现了，他们就将详细地描述当时的基诺是一种什么样的神情，他都说了些什么，他的大眼睛是如何闪闪发光的，他们就会说："当时他真是一下子就完全不一样了。他身上充满了力量，奇迹就是这样开始的。你看看他已经变成了一个多么了不起的人物，而一切就是从那一刻开始的。而我亲眼见证了那一刻。"

而如果基诺的打算全都落了空，同样的这些邻居就会说："事情就是从那里开始的。一种愚蠢的疯狂支配了他，所以他就开始胡说八道。天主保佑我们不要碰到这样的事吧。没错，天主惩罚了基诺，因为他胆敢反抗天理人道。你看看他都得到了什么样的结果。而我就亲眼见证了他失去理性的那一刻。"

基诺低头望着他那只握紧的手，他那捶击过大门的指节已经结了痂，绷得紧紧的。

现在黄昏就要到来了。于是胡安娜用披巾兜住孩子，把他紧挨着自己的屁股吊起来，然后她走到灶坑面前，从灰堆里拨出一块炭，折了几根柴火放在上面，轻轻把火扇着了。小小的火苗在邻居们的脸上跳跃。他们知道他们也该去给自己做饭了，可是他们还是不舍得离开。

天差不多已经黑了，胡安娜的灶火在茅屋的墙上投下了一个个人影，这时响起了低语声，从一张嘴传到另一张嘴。"神父来了——司铎来了。"男人们脱下帽子，从门口往后退去，女人们将披巾遮在脸上，垂下了眼睛。基诺和胡安·托马斯——他哥哥，站了起来。司铎走了进来——一个头发灰白、上了年纪的人，有着衰老的皮肤和年轻锐利的眼睛。他将这些人全都当作孩子，对待他们的态度也像是对小孩子一样。

"基诺，"他轻声道，"你起的是个伟人的名字——而且是个伟大的神父[1]。"他使他的话听起来就像是一次祝祷。"你那位同名的伟人驯服了沙漠，又净化了你们这个民族的心灵，你知道吗？书本里都有记录。"

基诺迅速地朝下看了看吊在胡安娜屁股边上的小郊狼的脑袋。总有一天，他在心里说，那个男孩将会知道书本里到底有什么以及没有什么。珍珠的音乐已经从基诺的脑子里消失了，可是现在，细若游丝地，慢慢悠悠地，早上的那个旋律，邪恶的、敌人的音乐响了起来，不过非常模糊而又微弱。基诺望着他的邻居们，看有可能是谁把这首歌带进来的。

可是司铎又开始说话了。"我听说你发现了一大笔财富，一颗巨大的珍珠。"

基诺张开手把它托出来，司铎因为那颗珍珠的大小和美丽而微微倒吸了一口凉气。然后他说："我的孩子，我希望你会记得向赐予你这一珍宝的天主谢恩，并祈求祂在将来给予你指引。"

基诺沉默地点了点头，倒是胡安娜轻声说道："我们会的，神父。而且我们现在就要举行婚礼了。基诺已经说过了。"她望着邻居们，请他们予以证实，他们都郑重其事地点点头。

司铎道："很高兴看到你们一开始的念头就是好念头。上帝保佑你们，我的孩子们。"他转过身去悄悄地离开，大家纷纷让路让他过去。

可是基诺再次紧紧地将珍珠握在了手心里，而且他满腹狐疑地四面张望，因为邪恶之歌又在他的耳朵里响起，响亮地与珍珠的音乐针锋相对。

邻居们纷纷溜出去回自己家了，胡安娜蹲在灶火旁，把一瓦罐的

1　指欧塞维奥·基诺，耶稣会传教士和探险家，在皮梅里亚阿尔塔地区（现分别划归墨西哥索诺拉州和美国亚利桑那州）建立了众多传教机构。1691 年深入亚利桑那探险（以后共进行约四十次），据说考察了格兰德河、科罗拉多河和希拉河的源头。著有《基诺在皮梅里亚阿尔塔地区的历史回忆录》（1708）。

煮豆子放到小小的火焰上面。基诺走到门口向外望去。像往常一样，他能闻到许多家灶火冒出来的炊烟，他能看到朦胧的群星，感到夜晚空气当中的潮湿，于是他把鼻子盖了起来。那只瘦狗来到他跟前，在地上翻滚着向他示好，就像是一面迎风招展的旗子，基诺低头看着它，却视而不见。他已经突破了界限，来到了寒冷而又孤寂的外面。他感觉孤单而又缺乏保护，叽叽喳喳的蟋蟀、尖声喊叫的雨蛙和咕咕呱呱的癞蛤蟆仿佛都在传送着那邪恶的旋律。基诺微微哆嗦了一下，用毯子把鼻子裹得更紧了。他手里仍旧拿着那颗珍珠，紧紧地握在掌心里，贴着皮肤感觉温暖而又光溜。

在他背后，他听到胡安娜在轻轻地拍打着玉米饼，然后把它们放到那陶制的鏊子上。基诺感受到背后他的家庭那全部的温暖和安全，家庭之歌从背后传来，就像是小猫轻柔的呼噜声。可是现在，通过明确地讲出他的未来会是什么样子，他已经把它创造了出来。一个计划就是一样真实的东西，规划一样东西也就等于是体验一样东西。一个计划一旦制订并设想出来，也就成为一种现实，就跟其他现实一样——永远不会被毁灭，却很容易遭到破坏。于是基诺的未来已经真实存在了，可是一旦将其确立，其他的力量也就确立了起来，一心想毁灭它，对此他是心知肚明的，所以他不得不准备去迎接那破坏。基诺同样心知肚明的是——诸神可不喜欢人类的计划，诸神可不喜欢人类的成功，除非那是出于偶然。他知道，一旦一个人通过自己的努力获得了成功，诸神就会加以报复。因此基诺害怕制订计划，可是既然已经制订了出来，他就决不能再毁灭它。为了迎接那破坏，基诺已经为自己制作了一层坚硬的皮肤来对抗这个世界了。他的眼睛和头脑在危险还未出现以前就已经窥伺着危险了。

站在门口，他看见两个男人走了过来，其中一个提着一盏灯，照亮了地面和那两个人的腿。他们穿过基诺家篱笆墙的出口，来到了他门前。基诺看出其中一位是医生，另一个就是早上出来开门的那个仆人。当他看出他们是谁以后，基诺右手上那裂开的指节又火烧火燎起来。

医生说："今天早上你来的时候我不在家。可是现在，一有了机会，我就来看小宝宝了。"

基诺站在门口，堵住门，仇恨在眼睛后面疯狂地燃烧，还有恐惧，因为几百年来的驯顺和屈从已经深深地刻在他的内心深处。

"宝宝现在差不多好了。"他简慢地道。

医生微微一笑，可是他那双深埋在布满淋巴的小肉窝里的眼睛却没有笑。

他说："有时候，我的朋友，蝎毒会有一种奇怪的表现。表面上看来已经大有好转了，然后却没有任何征兆地就——噗！"他扁起嘴唇发出一个小小的爆破音，以表示那发展会有多快，并且挪动了一下他手里那小小的黑色医用手提包，让灯光洒落在上头，因为他知道基诺的民族非常喜爱做工精巧的工具并且信赖它们。"有时候，"医生继续用清脆的嗓音道，"有时候会导致整条腿的萎缩或是瞎掉一只眼睛，或者竟成了驼背。哦，我可知道蝎毒是怎么回事，我的朋友，我能把它给治好的。"

基诺感到狂怒和仇恨正在化为恐惧。他不懂，而医生或许是懂的。拿他确定的无知来对抗这个人可能的知识，他不能冒这个险。他落在了陷阱里，就像他的民族一向那样，这种状况将一直持续到，就像他说过的，他们能够确实地知晓那些书本里的东西果真是记载在书本里的。他不能冒这个险——不能拿小郊狼的性命或是身体的健全来冒险。他站到一边，让医生和他的仆人走进了茅屋。

他进屋的时候，胡安娜从灶火旁站起来向后退去，而且用披巾的流苏遮住孩子的脸。医生走到她跟前伸出手来的时候，她紧紧地抱住孩子，看了看站在旁边的基诺，灶火的影子在他脸上跳动。

基诺点了点头，她这才让医生把孩子抱了过去。

"把灯举高。"医生道，仆人把灯举起来以后，医生看了一会儿孩子肩上的伤。他沉思了一会儿，然后把孩子的眼皮翻开，看了看眼球。他点了点头，而小郊狼一心想要挣脱他。

"果不出我所料。"他道，"蝎毒已经进去了，很快就要发作了。你来看！"他把眼皮按住。"看——它是蓝的。"基诺心焦地看着，看到它果然有点儿蓝。他也不知道是不是一直都有点儿蓝。可是陷阱已经设好了。他可不能碰运气。

医生的眼睛在小肉窝子里流出了泪水。"我给他用点药来消消毒。"他说。然后他把孩子递给了基诺。

于是他从提包里取出一小瓶白色药粉和一枚明胶的胶囊。他在胶囊里灌满药粉、盖好，然后又灌满一枚胶囊、盖好。然后他非常娴熟地行动起来：他把孩子抱过来，掐了一下孩子的下唇，直到他张开了嘴；他的胖手指把胶囊塞到孩子舌根的紧里面他吐不出来的地方，然后从地板上抄起装着龙舌兰酒的小水罐，给小郊狼喂了一口，就完事了。他又看了看孩子的眼球，然后扁起嘴唇像是在思索。

最后他把孩子递还给胡安娜，然后转向基诺。"我想一个小时之内蝎毒就会发作。"他道，"这药也许能让小宝宝免受伤害，不过我一小时之内还是要再来一趟。或许我能赶得上救他的性命。"他深吸了一口气，走出了小屋，他的仆人拿着提灯跟在后面。

现在胡安娜已经把孩子包在了披巾里，她焦急而又恐惧地紧盯着他。基诺来到她跟前，掀起披巾也盯着孩子看。他伸出手去想看看孩子的眼底，这时才发现那颗珍珠还在他手里。于是他走到靠墙的一个箱子前面，从里面拿出一块破布。他用破布把珍珠包好，然后来到茅屋的墙角处，用手指在泥地上挖了个小洞，把珍珠放进洞里，盖上土，把那个地方隐藏起来。这时他才又走回胡安娜蹲着的灶火前，去看孩子的脸。

医生回到家里后，在椅子上坐定，看了看表。他的仆人给他端来了简单的晚餐，有可可、甜蛋糕和水果，他心怀不满地瞪着这些食物。

在邻居们的家里，那个未来很长时间内都将主导所有谈话的话题第一次被提起，看看会谈出个什么名堂。邻居们伸出大拇指相互比画着那颗珍珠有多大，又做出种种爱抚的小手势以显示它有多美。打这以后，他们就会非常密切地关注基诺和胡安娜的一举一动，看看财富是否会像冲昏所有人的头脑那样让他们变得趾高气扬。大家全都知道医生为什么会来。他可不太擅长掩饰，他的意图已经被大家看得一清二楚。

外面的港湾里，一群密集的小鱼身上的鳞片闪着光跳出水面以逃避一群追过来要吃它们的大鱼。人们在茅屋里就能听到小鱼哗哗的奔逃声和杀戮进行当中大鱼拍击水面的泼溅声。湿气从海湾中升起，沉积在灌木和仙人掌上凝成咸咸的小水珠。夜间的老鼠在地面上四处爬动，而小小的夜鹰悄无声息地猎捕它们。

那只眼睛上面有着火红斑点的瘦嶙嶙的小黑狗来到基诺的门前，朝里面张望。基诺抬头瞥见他的时候，他拼命摇晃着屁股和尾巴，基诺的目光一旦转开，他也就安静下来。小狗并没有进到屋里，可是他带着狂热的兴趣盯着基诺吃小陶盘里盛着的豆子，然后用一块玉米饼把盘子擦得干干净净，嚼着那块饼，用一口龙舌兰酒把那一大口整个咽下去。

基诺吃完饭后正在卷一根纸烟的时候，忽听得胡安娜尖声叫道："基诺。"他瞥了她一眼，马上站起身来快步走到她跟前，因为他在她的目光中看到了恐怖。他站在她身旁，低头朝下看去，可是光线实在太暗。他把一堆小树枝踢到灶坑里，燃起一股火焰，这样他就能看清楚小郊狼的脸了。孩子的脸烧得通红，他的喉咙在抽动，一小股黏稠的痰液从嘴唇里流出来。腹部肌肉的痉挛开始了，小宝宝病得非常严重。

基诺在他妻子身边跪下。"原来医生果然是知道的。"他说，不过他既是说给妻子，也是说给自己听的，因为他的心思严厉而又多疑，他正在琢磨那白色的药粉。胡安娜左右摇晃着怀里的孩子，呜咽地吟唱着那小小的家庭之歌，就仿佛它能阻挡危险的入侵似的，孩子在她怀里呕吐、折腾。基诺的心里惊疑不定，那邪恶的音乐在他头脑中震响，几乎完全赶走了胡安娜的歌声。

医生喝完了他的可可，一小口一小口地吃着甜蛋糕掉落的小碎块。他用餐巾把手指头擦了擦，看了看表，站起来，拿起了他的小提包。

孩子病重的消息飞快地传遍了基诺族人们的茅屋草舍，因为对于穷人来说，生病是仅次于饥饿的第二大敌人。有人悄声说："你瞧，福无双至，祸不单行。"大家点点头，站起身朝基诺的茅屋走去。邻居们盖住鼻子，快步穿过黑夜，又一次挤进了基诺家。他们站在那里凝神观瞧，短促地感叹着在喜庆的时刻发生这种事是多么不幸，他们还说："一切都操在天主的手里。"上了年纪的女人在胡安娜身边蹲下来，能帮上忙就尽量帮忙，帮不上忙就尽力安慰她。

这时医生匆忙走了进来，后面跟着他的仆人。他就像轰小鸡一样把那几个老太婆赶到一边。他接过孩子，检查了一下，摸了摸他的头。"蝎毒已经发作了。"他说，"我想我能制得住它。我会尽我所能的。"他要了一杯水，在里面滴入三滴阿摩尼亚，他撬开孩子的嘴，把它灌了下去。孩子则一边往外喷水，一边大声尖叫，胡安娜担惊受怕地望着他。医生一边忙活，一边稍稍解释了一下："万幸我深谙蝎毒的底细，否则的话——"他耸了耸肩，表示可能会有什么样的后果。

可是基诺却大为疑心，他的目光一直都没办法从医生那打开的手提包，以及里面那瓶白色的药粉上挪来。渐渐地，痉挛平息了下来，孩子在医生的双手下面放松下来。然后小郊狼深深叹了口气，睡着了，因为他呕吐得累极了。

医生把孩子放到胡安娜的怀里。"他这就好了。"他说，"这一仗我打赢了。"胡安娜满怀敬慕地望着他。

医生把他的手提包扣上，他说："你们看什么时候能付一下诊疗费呢？"他说话的语气非常和蔼可亲。

"我把珍珠卖了以后就付钱给你。"基诺说。

"你有一颗珍珠？是颗上好的珍珠吗？"医生饶有兴趣地问。

这时，邻居们都异口同声地插了进来。"他采到了世界之珠。"他们叫道，他们把食指按在拇指上，表示那颗珍珠有多大。

"基诺就要成为有钱人了。"他们叫嚷道，"这样的珍珠以前还谁都没见过。"

医生看起来颇为惊讶。"我还没听说呢。你把这颗珍珠放到一个安全的地方了吗？你要是愿意的话，可以放到我的保险柜里。"

基诺的眼睛现在被毯子罩住了，他的面颊绷得紧紧的。"我把它安全地放好了。"他道，"明天我就把它卖掉，然后就能付钱给你了。"

医生耸了耸肩，他那双湿漉漉的眼睛一刻都不曾离开基诺的眼睛。他知道珍珠应该就埋在这屋子里面，他想基诺八成会朝埋珍珠的地方看去。"要是你还没来得及卖掉就被偷了，那可就太可惜啦。"医生道，他看到基诺的眼睛不由自主地朝茅屋一侧的柱子附近忽闪了一下。

等医生已经走了，邻居们也都不大情愿地各自回家以后，基诺蹲在灶坑里通红的小煤块旁边，倾听着夜晚的声响，绵绵细浪拍岸的喟喟柔声以及远处的狗吠，微风扫过茅屋屋顶的窸窣以及村里的邻居在自己家里的细语。因为这些人整夜都睡不沉酣，他们隔一会儿就醒来，说上几句话，然后再睡去。过了一会儿，基诺站起身，来到了门口。

他嗅着微风的气息，凝神静听有没有任何偷偷摸摸或鬼鬼祟祟的声响，他的眼睛搜索着暗处，因为邪恶的音乐在他脑海中回响，他愤怒而又害怕。在用自己的感官探查过一番黑夜以后，他来到侧面的柱子旁边他埋珍珠的地方，把珍珠挖出来，拿到他的睡垫上，他在睡垫底下的泥地上又挖了个小洞，把珍珠埋好，用土盖好。

胡安娜坐在灶坑旁，用疑问的目光注视着他的一举一动，等他重新把珍珠埋好以后，她问道："你怕的是谁？"

基诺也想找出一个真实的答案，而最后他说："所有的人。"他能感到一层硬壳逐渐把他包裹了起来。

过了一会儿，他们一起在睡垫上躺下，胡安娜今晚没把孩子放进悬吊的箱子里，而是把他揽在怀中，用披巾盖住他的脸。灶坑里余烬的最后一点亮光也熄灭了。

可是基诺的脑袋火热如焚，即便是在睡着以后也是如此，他梦见小郊狼学会念书了，他自己民族当中的一员终于能告诉他万物的真相了。在他的梦中，小郊狼正在念着一本跟一幢房子一般大的书，上面的字母都跟狗一般大，而且那些单词还在书上飞奔和玩耍。然后黑暗就笼罩了书页，邪恶的音乐再度跟黑暗一起到来，基诺在睡梦中轻轻地悸动；他一悸动，胡安娜的眼睛就在黑暗中睁开了。随后基诺也醒了，邪恶的音乐在他心中勃勃跳动，他躺在黑暗中竖起耳朵凝神谛听。

这时从屋角处传来一声轻响，轻得让人怀疑那不过是个念头，一个鬼鬼祟祟的细微动作，一只脚在地面上的轻轻一擦，以及几不可闻的压抑住的呼吸声。基诺屏住呼吸仔细倾听，他知道不管在他屋里的那个见不得人的东西到底是什么，他也在屏住呼吸，也在仔细倾听。因为有那么一会儿，茅屋的那个角落里一点声音都没有。这时，基诺可能都以为先前的声音是他臆想出来的了，但胡安娜悄悄把手伸向他以示提醒，这时那声音又出现了！一只脚在干土地上擦过的轻响，还有手指在泥土中抠弄的声音。

基诺的胸中涌动起狂野的恐惧，随着恐惧，愤怒一如既往地随之而来。基诺的手悄悄伸进胸口，他的匕首就挂在胸口的一根绳子上，然后他像一只狂怒的猫一样一跃而起，朝着他知道就在屋角处的那个见不得人的东西猛扑过去，不断地击打和戳刺。他感觉到了布料，用匕首刺去但没有刺中，再次刺去，他感觉他的匕首穿透了布料，然后他的脑袋如霹雳般一声巨响，疼得就像要炸裂开来。门口处一阵细碎的疾跑，接着是一阵狂奔的声响，然后就渺无声息了。

基诺能感觉到温热的血从额头流下来，他也能听到胡安娜在叫他。"基诺！基诺！"她声音中带着惊恐。然后冷静就像刚才的狂怒一样迅速地支配了他，于是他说："我没事。那东西已经走了。"

他摸索着回到睡垫上。胡安娜已经在生火了。她从灰堆里拨出一块还没烧尽的火炭，把玉米壳扯碎了放在上头，把燃起的小火焰吹到引火的玉米壳里，茅屋里就跳动起了小小的亮光。然后胡安娜从一个隐秘的地方拿出一小截供神的蜡烛，在火焰上点着，把它竖在一块灶石上。她手脚非常麻利，一边走动一边柔声哼着歌。她把披巾的一端在水里浸湿，把血从基诺青肿的额头上擦掉。"没什么。"基诺道，他的嗓音严峻而又冷酷，一种愤懑的仇恨在内心中滋长。

胡安娜内心早已在增长的紧张情绪像烧开的水一样喷涌出来，她抿紧了嘴唇。"这东西是邪恶的。"她嘎声叫道，"这颗珍珠就像是一桩罪孽！它会毁了我们的。"她的嗓音升高到尖利的嘶喊。"把它扔了，基诺。咱们用两块石头把它砸了吧。咱们把它埋了，忘掉埋藏的地方吧。咱们把它扔回到大海里去吧。它已经带来了祸患。基诺，我的丈夫，它会毁了我们的。"在火光中，她的嘴唇和她的眼睛都满溢着她的恐惧。

但是基诺的脸色已经坚决了起来，他的思想和意志也坚决了起来。"这是我们唯一的机会。"他说，"我们的儿子一定得上学。他一定得打破那个把我们罩在里头的罐子。"

"它会把我们全都毁了的。"胡安娜叫道，"连我们的儿子在内。"

"嘘。"基诺道，"别再这么说了。明天一早我们就把珍珠卖掉，然后祸患就不见了，只有福气留下来。别再说了，我的妻子。"他的黑眼睛怒视着那小小的火焰，他这才第一次发觉那把匕首还在手里握着，他把刀刃举起来，看到钢刃上有一线小小的血痕。有一会儿他像是打算要在裤子上擦擦刀刃，可是随后他就把匕首插进土里，就这样擦去了血痕。

远处的公鸡开始报晓，空气也变了，黎明正在到来。晨风吹皱了海湾的水面，也飒飒地从红树林中吹过，小小的浪花越来越急地拍打着碎石的海滩。基诺把睡垫掀起，把珍珠挖出来，放在面前目不转睛地望着它。

珍珠真是美极了，在蜡烛的照耀下闪闪烁烁，熠熠生辉，用它的美丽欺哄着他的头脑。它是如此美好，如此柔媚，它都发出了自己的音乐——希望与快乐的音乐，对未来、舒适和安全统统做出了保证。它那温暖的珠光许诺给你疗救疾病的灵药和抵御伤害的高墙。它关上了通往饥饿的大门。当基诺朝着它凝望时，他的眼睛变得柔和了，他的面容也放松了下来。他能看到那截供神蜡烛的小身影映照在珍珠那柔和表面上，他耳朵里再次听到了海底那可爱的音乐，海底那弥散的绿光的色调。胡安娜偷偷瞥了他一眼，看到他在微笑。因为他们在某种程度上就是一个人，只有一个目的，她也跟他一起笑了。

他们满怀希望开始了这一天。

四

　　一个小城如何即时地留意自己以及它所有组成单位的发展进程，其方式是很令人惊叹的。如果每一个个体的男人和女人、孩子和婴儿的一举一动全都遵循一种已知的模式进行，既不逾越任何壁垒，也不跟任何人有所不同，既不进行任何尝试，也不伤风害病，既不危害小城精神上的安适和平静也不扰乱小城那平稳、持续的生活之流，那么那个组成单位就尽可以消失不见、永不被提起了。但只要有一个人越出习惯的想法或者已被大家所知并信赖的模式，全城居民的神经就会紧张地鸣响警笛，并马上就传遍整个小城的每一条神经。然后每一个组成单位都会跟整体相互勾连、息息相关。

　　因此，在拉巴斯[1]，一大早全城的人都知道基诺那一天就要把他的

1　拉巴斯，墨西哥西北部南下加利福尼亚州首府，濒加利福尼亚湾的拉巴斯湾，主要收入来自渔业、农业、畜牧业和旅游业。

珍珠卖掉了。茅屋草舍的邻居们都知道了，采珠人都知道了；杂货店的华人店主们都知道了；教堂里的人都知道了，因为辅祭的男童们在交头接耳地传播。消息悄悄地在修女们中间传播；教堂前面的乞丐们说起它，因为他们要在那儿讨取幸运那第一批果实的彩头。小男孩们知道以后都兴奋不已，不过最重要的是那些珍珠的买家都已经知道了，白天来临以后，在那些珍珠买家的事务所里，每个经纪人都独自正襟危坐，面前摆着黑色天鹅绒的小托盘，每个人都一边用手指尖将珍珠滚来滚去，一边考虑着自己在这幅图画中所扮演的角色。

人们都认为那些珍珠买家是各行其是的，竞相出价来购买渔民们带来的珍珠。一度也确实曾经是这样的。可这个办法过于浪费，因为在为一颗上好的珍珠竞价的兴奋之中，付给渔民的价钱经常就会太高。这办法太划不来，绝不能助长。结果现在就只有一位珍珠买家了，他一个人伸出很多只手来，那些坐在事务所里等着基诺上门的买家早就知道他们会出什么价，最高能出到多少，以及每个经纪人会使用什么样的手段。虽然这些珍珠买家除了固定的薪水以外根本拿不到别的好处，他们还是感到很兴奋，因为在猎捕的过程中就自有其刺激之处，如果一个人的本分就在于把价钱压低，那么在尽量将价钱压到最低的过程中他就一定能感受到快乐和满足。因为这世上的每个人都会尽其所能地尽忠职守，没有人会故意留上一手，不管他对自己的职守具体会怎么看。完全抛开他们可能得到的任何奖赏、任何赞词、任何擢升不论，一个珍珠买家就是个珍珠买家，谁能用最低的价格把珍珠买下来，谁就是最优秀和最幸福的珍珠买家。

那天早上的太阳又热又黄，它把港口和海湾中的水汽吸上去，将其化作一条闪闪发光的丝巾挂在空中，因此空气一直颤动不止，海市蜃楼的幻影也就影影绰绰。一幅幻象高悬在城市北面的空中——那是两百多英里以外的一座山脉的影像，山脉高高的山坡上遍布着松林，森林线之上耸立着一座巨大的石峰。

那天早上，渔夫的独木舟全都一字排开在海滩上；渔夫们并没有出海去采珠，因为基诺进城去卖那颗大珍珠是千载难逢的盛事，将有太多的事情要发生，将有太多的事情值得去看。

在海岸边的那些茅屋草舍里，基诺的邻居们那顿早饭吃得特别长，大家都在谈论要是他们采到了那颗珍珠，他们都会怎么做。有个人说他要把它当作礼物送给罗马的教皇。另一个人说他要为他全家人的灵魂买上一千年的弥撒。第三个人想着他会将那笔钱全部用来接济拉巴斯的穷人；第四个人想到了拿卖珍珠的钱所能做到的一切好事，想到了一个人若是有了钱，他能行的所有善事、功德，他能做的所有济危救困的工作。所有的邻居都希望基诺不要被这突然的财富冲昏了头脑，希望他不要变成个大阔佬，不要生出贪婪、仇恨和冷酷的根苗。因为大家都很喜欢基诺，要是珍珠把他给毁了，那就实在太可惜了。"那个好妻子胡安娜，"大家都说，"还有那个美丽的孩子小郊狼，还有今后会出生的其他孩子。要是珍珠把他们全都毁了，那该有多么可惜啊。"

对基诺和胡安娜来说，这是他们人生当中最重要的一个早晨，只有宝宝出生的那一天才能跟它相比。这个日子将决定所有其他日子的排列顺序。他们以后会这么说，"那是在我们卖掉那颗珍珠的两年前，"或者，"那是在我们卖掉那颗珍珠的六个礼拜后。"胡安娜如此考虑之下，就有些不顾一切地豁了出去，她为小郊狼穿上了特意预备好等有了钱为他施洗穿的衣服。胡安娜梳好了头发，编成了辫子，并在辫梢用红缎带打了两个小蝴蝶结，她还穿上了她结婚时穿的裙子和马甲。

等他们准备好了的时候，太阳已经老高了。基诺那身破旧的白衣服至少挺干净的，而且这是他衣衫褴褛的最后一天了。因为明天，甚至今天下午，他就会有新衣服穿了。

邻居们也都已经穿戴齐整、准备停当，从自家茅屋的缝隙里望着基诺家的门。对于跟着基诺和胡安娜一起去卖珍珠，他们并不感到有任何难为情。这是理所应当的，这是一个历史性的时刻，他们要是不去才是发了疯呢。那简直就是一个极不友好的表示。

胡安娜仔细地戴好披巾，她把长的一端从右胳膊肘那儿搭下来，再用右手把它拢住，这样她就在胳膊底下搭起了个小吊床，她把小郊狼放在这个小吊床里，让他靠在披巾上，这么一来他就什么都能看到，兴许还能记住了。基诺戴上了他的大草帽，用手去摸摸看戴得是不是正合适，既不能太往后也不能歪向一边，那样一来就会像个轻浮、不负责任的单身汉了；也不能像个老人那样戴得端端正正，而是要稍稍有点向前倾斜，表现得进取、严肃而又活力四射。从一个人帽子倾斜的方式上就能看出很多东西来。基诺把脚伸进凉鞋，把后跟上的皮带拉到脚面上来系好。那颗大珍珠包在一块柔软的旧鹿皮中，装在一个小皮口袋里，这个小皮口袋放到了基诺的衬衣口袋里。他仔细地把他的毯子叠成一个细长条，搭在左肩上，现在他们全都收拾停当了。

基诺颇为庄严地迈步走出家门，胡安娜跟着他，带着小郊狼。当他们沿着那条被洪水冲刷出来的小路朝城里走去时，邻居们一个个加入进来。房子里吐出大人来，门口喷出孩子来。不过由于场合的严肃和重大，只有一个人跟基诺并肩走在一起，那就是他的哥哥胡安·托马斯。

胡安·托马斯在提醒他弟弟。"你一定得小心，别让他们欺骗了你。"他说。

"我会非常小心。"基诺同意道。

"咱们并不知道别处会出什么价钱。"胡安·托马斯道,"如果咱们不知道这些买家拿到别处去能卖多少钱,咱们又怎么能知道多少算是公平的出价呢?"

"这是实话,"基诺道,"可咱们又怎么能知道呢?咱们在这儿,又不在那儿。"

他们一路朝城里走的时候,跟在他们后面的人也越聚越多,而胡安·托马斯纯粹是出于紧张,继续说个没完。

"在你出生前,基诺,"他道,"老一辈里想出过把珍珠多卖点钱的办法。他们想到要是能有个代理人把他们的珍珠全都拿到首都去卖,这代理只拿他那一份利润,那就会好多了。"

基诺点了点头。"我知道。"他说,"这是个好主意。"

"于是他们就找了这么个人,"胡安·托马斯道,"他们把珍珠都交给他,就打发他动身了。可是他这一去就再也没了消息,那些珍珠全都损失了。后来他们又找了一个人,打发他去卖珍珠,结果也是一去不回头。于是他们就把整个办法放弃了,又走回到老路上来。"

"我知道。"基诺道,"我听咱们父亲讲过。那是个好主意,可是违背了宗教的信条,神父已经说得很清楚了。损失的那些珍珠就是施与那些想擅离岗位者的惩罚。神父说得很清楚:每个男人和女人就像是天主派来守卫宇宙这个城堡某一部分的士兵。有些负责守卫城墙,有些人的岗位在堡垒最里面的暗处。可是每个人都必须忠于自己的岗位,绝不能到处乱跑,要不然这座城堡在地狱的进攻下就会陷入危险境地了。"

"我听他做过那篇布道。"胡安·托马斯道,"他每年都做一次。"

兄弟俩并肩往前走的时候都稍稍眯着眼，自从那些陌生人带着理论和权威以及支持这两者的火药来到这儿以后，四百年来他们的祖父以及曾祖们一直都是这样子的。在这四百年间，基诺的民族只学会了一种防卫的方式——微微眯起眼睛，微微抿紧嘴唇，以及退避三舍。什么都无法推倒这堵墙壁，他们在这堵墙内可以保全自己。

　　那正在聚拢的行列是庄严肃穆的，因为他们意识到了这个日子的重要，任何一个孩子，只要一表现出想要扭打，想要尖叫，想要嘶喊，想要偷人家帽子、揪人家头发的趋势，马上就会被大人用嘘声制止，被迫安静下来。这个日子是如此重要，有位老人就是骑在他侄子那健壮的肩膀上，也一定要赶来亲眼看看。队伍离开了茅屋草舍的区域，进入了石头和灰泥的城市，那里的街道略为宽一些，建筑物旁边都有窄窄的人行道。就像上次一样，他们经过教堂的时候，乞丐们加入了进来；杂货店的店主们在他们经过时从店里看着他们；小酒馆全都没有了主顾，店主们干脆关了店门也一起跟了过去。太阳强烈地照射在城里的各条街道上，就连小石块都在地上投下了影子。

　　队伍到来的消息已经跑到了队伍的前面，那些珍珠买家在他们那小小的黑暗的事务所里全都紧张了起来，警觉了起来。他们拿出一些票据，以便在基诺出现的时候装出正在工作的样子，他们还把现有的珍珠全都收到了抽斗里面，因为让一颗劣等的珍珠出现在一颗美丽的珍珠旁边是自取其辱。基诺的珍珠有多么美丽的消息已经传到了他们这里。那些珍珠买家的事务所全都拥挤在一条狭窄的街上，窗户上都钉了窗栅，木条遮断了光线，只有柔和的幽光能够透进来。

　　一个行动迟缓的矮胖男人坐在一个事务所里等着。他的面相父亲般慈祥，眼睛里闪烁着友善的光芒。他隔着老远就会跟你招呼"早上好"，每次碰到你都会郑重其事地和你握手；他是个知晓所有笑话的快活人，可是又随时徘徊在忧伤的情绪近旁，因为他在笑到一半的时候会想起你去世了的姑妈，他的眼睛里就会因为你的丧亲之痛而沁出泪花。今天早上，他在桌子上的花瓶里插了一朵花，单独的一朵猩红的木槿花，花瓶就摆在他面前的黑天鹅绒珍珠托盘旁边。他的脸刮得露出了青色的胡子根，他的手洗得很干净，指甲修剪得很整齐。他的门朝向晨光大开着，他一边轻声哼着个调子，一面用右手操练着一个小戏法。他把一枚硬币在指节上滚来滚去，让它一会儿出现，一会儿消失，让它滴溜溜旋转，亮闪闪发光。那硬币一眨眼间出现在眼前，一眨眼间又消失不见，而他在这么戏耍的时候自己连看都不用看上一眼。这个人一面自得其乐哼唱一面朝门外窥伺，手指头则兀自机械而又准确无误地玩着这个小把戏。然后他听到了正在走近的人群的脚步声，于是他右手的指头就动得越来越快了，直到基诺的身影出现在门口，那枚硬币才忽闪了一下，消失不见了。

"早上好，我的朋友。"那矮胖的人道，"你有何贵干？"

基诺朝这个幽暗的小事务所里凝神观看，因为外面强烈的阳光使他的眼睛眯成了一条线。而那位买家的眼睛却已经变得像鹰隼的眼睛一样坚定而又残忍，一眨都不眨，与此同时他脸上其他的部位仍旧在笑脸相迎。而且在桌子后面，他的右手还继续在偷偷地把玩着那枚硬币。

"我有一颗珍珠。"基诺道。胡安·托马斯站在他旁边，对这种轻描淡写的说法不满意地哼了一声。邻居们围在门口凝神观瞧，有一排小男孩爬到窗外的窗栅上朝里窥视。有几个小男孩趴在地上，透过基诺的两条腿看着这个场面。

"你有一颗珍珠。"那珍珠经销商道，"有时候有人一下子就拿来十几颗。好吧，咱们就来瞧瞧你的珍珠。我们会给它估个价，给你最高的出价。"他的手指在飞快地把玩着那枚硬币。

基诺出于本能就知道该怎么展现出最佳的戏剧性效果。他慢吞吞地掏出那个小皮袋，慢吞吞地从里面拿出那块柔软又脏脏的鹿皮，然后他把那颗巨大的珍珠滚进那黑天鹅绒的托盘，目光马上就盯住买家的那张脸。可是没有表情，没有动作，那张脸上没有丝毫的变化，但桌子后面藏着的那只手却失去了准头。一个指节把那枚硬币给碰倒了，悄没声地滚到了那经销商的大腿上。桌子后面的手指握成了拳头。右手从藏身的桌子后面伸出来，伸出食指触摸了一下那颗大珍珠，把它在黑天鹅绒上滚动了一下；然后用拇指和食指把它捡起来，拿到眼前，滴溜溜地转动着它。

基诺屏住呼吸，邻居们也都屏住呼吸，悄声的耳语从前往后地在人群中传开了。"他在验看呢——还没提价钱——他们还没合计出个价钱。"

珍珠经销商的那只手就像是已经具有了性格。那只手把那颗大珍珠扔回到托盘里，食指戳弄着它、侮辱着它，经销商的脸上露出了悲哀而又轻蔑的笑容。

"我很抱歉，我的朋友。"他说，双肩微微耸起，表示这个不幸并不是他的错。

"这是颗价值连城的珍珠。"基诺道。

经销商用手指不屑地把那颗珍珠一推，以至于它蹦跳了一下，然后又从天鹅绒托盘的边上轻轻地反弹了回来。

"你也听说过傻子的黄金[1]。"经销商道,"这颗珍珠就像是傻子的黄金。它太大了。谁会买它呢?这种东西是没有市场的。它不过是个稀奇的玩意儿。我很抱歉。你觉得它价值连城,其实他只不过是个稀奇的玩意儿。"

基诺的脸色变得茫然而又焦虑。"它是世界之珠。"他叫道,"还从来没有人见过这样一颗珍珠。"

"正相反,"经销商道,"它巨大而又累赘。作为玩意儿,它还有其价值;有些博物馆也许会买了去放到整套贝壳的收藏品中。我可以给你,比如说,一千个比索[2]。"

基诺的脸色变得阴沉而又凶狠。"它值五万比索,"他说,"你知道得很清楚。你是想欺骗我。"

他的出价报出来以后,经销商听到一阵喃喃的抱怨声传遍了整个人群。经销商也感到了一阵恐惧的轻微战栗。

"别怪我。"他赶紧说,"我只是个估价的。再问问别的人吧。去他们的事务所把你的珍珠给他们看看——或者不如让他们到这儿来,这样你也看得出来我们之间并没有什么串通舞弊。""伙计!"他喊道,他的仆人从后门把头探进来张望,"伙计,去某某那儿去,再到某某和某某那儿去,把他们三位请过来,先别告诉他们为了什么。就说我想见见他们。"于是他把右手放回到桌子后面,从口袋里又摸出一枚硬币,那枚硬币又在他的指节上来来回回地滚动了起来。

基诺的邻居们喊喊喳喳地议论开了。他们怕的就是这个。那颗珍珠的确很大,可它有一种奇怪的色彩。他们从一开始就有些怀疑的。

1　傻子的黄金指黄铁矿或黄铜矿,傻子还以为挖到了金矿。

2　比索,阿根廷、古巴、多米尼加及墨西哥等国的货币单位。

况且再怎么说，一千比索也不是个可以随便扔掉的数目。对一个没什么钱的人来说这也算是一笔可观的财富了。基诺还是拿了这一千比索吧。就在昨天他还一个子儿都没有呢。

可是基诺变得坚决而又强硬。他感到了命运的迫近、狼群的包围和秃鹫的盘旋。他感到邪恶正在他周围凝结，而他却没有任何办法来保护自己。他耳朵里听到了邪恶的音乐。那颗巨大的珍珠在黑色的天鹅绒上闪着光，那个经销商的目光一刻都无法从它身上挪开。

堵在门口的人群摇摇晃晃地让出一个通道，让那三个珍珠经销商进来。人群现在沉默了下来，唯恐漏听了一个字，唯恐错看了一个手势或者一个表情。基诺也默不作声地注意观瞧。他感到有人在他背后轻轻拉了他一下，他转过头，碰上了胡安娜的目光，当他把头转回来的时候，他已经有了新的力量。

那几个经销商并没有相互对视，也没有去看那颗珍珠。桌子后面的那个人说，"我已给这颗珍珠估了个价。这位卖家觉得这个价格不公道。我想请诸位帮忙来勘验一下这个——这个东西，也给出个价。请注意啦，"他对基诺道，"我并没有提到我出的是什么价。"

第一个经销商，一个干巴巴、浑身都是筋的瘦子，像是现在才看到那颗珍珠。他把它拿起来，在拇指和食指间快速地转动，然后满怀轻蔑地把它扔回到托盘里。

"你们商量你们的，可别把我算进去。"他冷冷地道，"我根本就不会出价。我可不想要它。这不是颗珍珠——这是个畸变的怪胎。"他撇了撇那削薄的嘴唇。

现在是第二位经销商，一个嗓音羞怯柔和的小个子，拿起了那颗珍珠，仔细地检视了一番。他从口袋里掏出一个放大镜，把珍珠放在

156

下面细看。然后他轻轻地一笑。

"人造的珍珠都比它强。"他说，"这些东西可瞒不了我。这珠子又软又酥，不出几个月就会失去色泽，变成死鱼眼一样的废物。你瞧瞧——"他把放大镜递给基诺，教给他怎么使用，基诺在此之前从没有透过放大镜看过珍珠的表面，被它那奇怪的样子吓了一跳。

第三位经销商从基诺手里把珍珠拿了过去。"我倒是有个客户喜欢这样的东西。"他说，"我出五百比索，也许我能以六百的价格卖给我那位客户。"

基诺飞快地伸出手去，一把把那颗珍珠从他手里抢了过来。他用鹿皮把它包好，塞回到衬衣里面。

桌子后面的那个人见状说道，"我是个傻瓜，我知道，不过我一开始的出价还是有效的。我仍旧出一千。你这是要干吗？"基诺把珍珠揣到怀里以后，他问道。

"我上当受骗了。"基诺厉声道，"我的珍珠不在这儿卖了。我要上别处，也许一直跑到首都那儿去卖。"

这时，那几个经销商飞快地彼此瞟了对方一眼。他们知道他们玩得太过了；他们知道他们会因为没有做成这笔生意而受到惩处，桌子后面的那个人赶紧说："我也许可以加到一千五。"

可是基诺已经在人群中往外挤了。嗡嗡的谈话声隐约地传到他耳边，盛怒之下血液在他耳朵里砰砰地震响，他冲开人群，大踏步扬长而去。胡安娜一路小跑，紧跟在他后头。

傍晚时分，邻居们在茅屋里坐下来吃他们的玉米饼和豆子，一边讨论着早上发生的那件大事。他们也拿不准，在他们看来那是一颗上好的珍珠，可是他们之前也从没见过这样的一颗珍珠，再说那些经销商肯定比他们更懂得珍珠的价值吧。"而且别忘了，"他们说，"那几个经销商此前可并没有一起讨论过。三个人当中没有一个认为它是值钱的。"

"可要是他们早就安排好了呢？"

"要是真有这么回事，那咱们可就全都受了一辈子骗了。"

也许，有些人认为，也许基诺还是接受那一千五比索的好。那可是一大笔钱，他以前见都没见到过这么多钱。也许基诺是个固执的大傻瓜。想想看，要是他当真跑到首都，却又找不着买主的话，他这辈子都别想忘掉这个奇耻大辱了。

而现在，另有些胆小怕事的说，他既然已经公然挑衅了他们，那些买主就根本不肯再跟他做生意了。闹不好基诺就等于自绝了生路，把自己给毁了。

而另有一些人说，基诺是好样儿的，是个勇敢、凶猛的男子汉，他做得对。我们全都有可能从他的勇气中获益。这些人为基诺感到骄傲。

在自己家里，基诺蹲在他的睡垫上沉思不语。他已经把珍珠埋在了灶坑的一块石头底下，他不错眼地盯着编成睡垫的那一根根湖蘸草，一直看到那些十字交叉的图案都在他脑子里跳起舞来。他已经失去了一个世界，却还没有得到另一个世界。基诺感到了害怕。他这辈子还从没有出过远门。他害怕陌生的人和陌生的地方。那个大家叫作首都的陌生的怪物他尤其怕得厉害。它跟他隔着千山万水，远在千里之外，而每一里陌生的、可怕的路程都很吓人。可是基诺已经失去了他旧有的世界，他必须攀到一个新的世界之上。因为他对于未来的梦想是真确切实的，绝不能被毁坏的，而且他也已经说出了"我要去"这三个字，一言既出，驷马难追。决定了要去而且话已出口，也就等于已经走了一半的路程。

当他掩埋珍珠的时候，胡安娜一直看着他，当她给小郊狼擦洗、喂奶的时候，她也一直在看着他，然后胡安娜做了晚饭要吃的玉米饼。

胡安·托马斯走进门来，挨着基诺蹲下，很长时间一言不发，直到最后基诺才问他："我还有什么别的办法？他们都是骗子。"

胡安·托马斯严肃地点了点头。他是兄长，所以基诺要向他讨主意。"谁知道呢？"他说，"咱们很清楚，自打咱们降生以来就在受骗，直到进棺材，就连棺材也要被他们敲竹杠。可咱们还是活了下来。你挑衅的可不是那几个珍珠买家，而是整个的社会制度，整个的生活方式，我真为你感到害怕。"

"除了挨饿，我还有什么好怕的？"基诺问道。

可是胡安·托马斯缓缓地摇了摇头。"我们谁不怕挨饿？可就算你是对的——就算你的珍珠非常值钱——你认为这就算完了吗？"

"你这话什么意思？"

"我也不知道，"胡安·托马斯道，"可我为你感到害怕。你踏上的是一片新天地，你根本就不认识路。"

"我要去。我马上就要去了。"基诺道。

"没错。"胡安·托马斯同意道，"你必须要这么做。可我很怀疑就算跑到首都你也会发现并没有任何的不同。在这儿，你还有朋友和我，你的亲兄长。可到了那儿，你可是什么人都没有。"

"我能怎么办？"基诺叫道，"这里已经让人忍无可忍。我儿子必须有个机会。他们却要把这机会连根铲除。我的朋友们会保护我的。"

"只有在不会有什么危险或者不便的情况下才会。"胡安·托马斯道。他站起身来说："天主与你同在。"

基诺也说了句"天主与你同在"，说的时候却连头都没有抬，因为他的话语中有一种奇怪的消沉。

胡安·托马斯走了已经很长时间了，基诺仍坐在他的睡垫上沉思默想。他没精打采，还有一点灰色的绝望。每一条道都像是已经堵上了。在他的头脑中，他只听到黑暗的敌人的音乐。他的感官燃烧般活跃敏感，而他的思绪则回到了那与万物息息相通的状态，那是他得自于他的民族的一种禀赋。他听到逐渐深沉的夜晚每一样细小的声音，宿鸟睡意沉沉的怨诉，猫咪求爱的苦痛，海滩上微波细浪的拍涌和退落，以及远方传来的单纯的嘶嘶声。他能闻到退潮以后暴露出来的海藻那刺鼻的气味。柴火的小火苗使得他睡垫上的图案在他出神的眼前不断跳动。

胡安娜忧心忡忡地望着他，不过她很了解他，她知道帮助他的最好方式就是默默地守在他身边。而且仿佛她也能听到那首邪恶之歌一样，她努力跟它抗争，轻声地唱着家庭之歌的旋律，唱着家庭的安全、温暖和完整。她把小郊狼搂在怀里，将这首歌唱给他听，用以将邪恶驱赶出去，她的歌声勇敢地抵挡着那黑暗音乐的迫近和威胁。

基诺既没有动，也没有说要吃晚饭。她知道他想吃的时候会跟她说的。他的眼睛出了神，他能感觉到茅屋外面那小心翼翼、伺机而动的邪恶；他能感受到那些黑暗的蹑足潜踪的东西在等着他来到外面的黑夜中。它神神秘秘、令人恐惧，与此同时它又在呼唤他、威胁他、挑战他。他右手伸进衬衣里面，摸到了他的匕首；他双目圆睁；他站起身走到了门口。

胡安娜想要拦住他；她举起手来拦住他，她的嘴恐怖地张开来。基诺朝外面的黑暗中凝视了良久，然后抬脚走了出去。胡安娜听到短促的急速前冲声，呼哧呼哧的搏斗声，殴打声。她恐怖地呆立了少顷，然后她的嘴唇就像猫一样向后收缩，把牙齿龇了出来。她把小郊狼放在地上。她从灶坑里抓起一块石头，冲到了外面，可是这时候已经结束了。基诺躺倒在地上，挣扎着想爬起来，他周围一个人都没有。只有憧憧阴影、波浪的奔涌和拍击，以及远处的嘶嘶声。可是邪恶无处不在，隐藏在篱笆后面，蜷伏在茅屋的阴影中，盘旋、徘徊在空中。

胡安娜扔掉手里的石头，她伸出双臂抱住基诺，扶他站起来，搀着他走进屋里。血从他的头皮上慢慢渗出来，他脸颊上从耳朵到下巴有一道很长很深的伤口，一道深深的、流着血的刀伤。基诺的意识只有一半还清醒。他左右摇晃着脑袋。他的衬衣撕开了，身上的衣服有一半被扯了下来。胡安娜扶着他在睡垫上坐下，用自己的裙子把他脸上那正在凝结的血迹擦掉。她拿了一小罐龙舌兰酒给他喝，他仍旧摇晃着脑袋想把黑暗给赶走。

"是谁?"胡安娜问。

"不知道。"基诺道，"我没看到。"

胡安娜又给他端了一瓦盆的水来，她帮他洗净了脸上的伤口，而他却一直茫然地直瞪着前面。

"基诺，我的丈夫。"她叫道，他的目光却径自越过她，盯着前面。"基诺，你能听到我讲话吗?"

"我听得到。"他迟钝地道。

"基诺，这颗珍珠是邪恶的。在它还没毁掉我们之前，我们先毁了它吧。我们用两块石头把它给碾碎。我们——我们把它扔回到海里去吧，它本来就属于那里。基诺，它是邪恶的，它是邪恶的!"

在她说这番话的时候，基诺的眼睛里重又恢复了光彩，它们光芒四射，他的肌肉坚硬地隆起，他的意志坚强了起来。

"不。"他说，"我要跟它斗争到底。我要把它战胜。我们要抓住我们的机会。"他用拳头捶打着睡垫。"谁也休想把我们的好运给夺走。"他说。然后他的眼神就柔和了下来，他抬手温柔地搭在胡安娜的肩膀上。"相信我。"他说，"我是个男子汉。"他的脸上浮现出狡黠的神情。

"明天一早我们就坐上我们的独木舟，渡过大海、翻过大山到首都去，你和我。我们决不能上当受骗。我是个男子汉。"

"基诺，"她嘎声道，"我害怕。一个男子汉也会被人杀害的。让我们把珍珠扔回到海里去吧。"

"嘘！"他厉声道，"我是个男子汉。嘘！"她不作声了，因为他的话就是命令。"我们睡一会儿吧。"他说，"天一亮我们就出发。你不害怕跟我一起走吧？"

"不怕，我的丈夫。"

他的眼睛此时温柔而又热情地望着她，他的手抚摸着她的面颊。"我们睡一会儿吧。"他说。

五

　　第一只公鸡还没打鸣，下弦月已经升了起来。基诺在黑暗中睁开了眼睛，因为他感觉到身旁有动静，但他没有动。只有他的眼睛在黑暗中搜寻，在透过墙上的缝隙照进来的微弱的月光中，基诺看到胡安娜从他身边悄悄地起来。他看到她朝灶坑走过去。她的动作异常小心，当她移动灶坑里的那块石头时，他只听到最为轻微的声音。然后她就像个影子般悄悄地朝门口移去。她在小郊狼睡的吊箱旁犹豫了一下，然后，她在门口呈现为一个黑色的剪影，随即就不见了。

　　狂怒涌上基诺的心头。他一骨碌爬起来，也像她之前那样悄没声地跟在她后面，他能听到她急促的脚步声朝着海岸而去。他悄悄地尾随着她，脑子都让怒火烧红了。她快步冲出矮树丛，跌跌撞撞地走过通向海边的那片小卵石滩，这时她听到了他尾随而至的脚步声，就拔腿跑了起来。正当她把胳膊举起来要把珍珠往海里扔的时候，他一个饿虎扑食，抓住她的胳膊，把珍珠从她手里夺了过来。他握起拳头朝

163

她脸上打了一拳，她跌倒在卵石当中，他抬脚又在她腰上踹了一脚。在暗淡的月光中，他能看到那些细小的波浪在她身上撞碎了，她的裙裾漂浮起来，当海浪退去的时候又紧紧地缠在她腿上。

　　基诺低头看着她，牙都龇了出来。他就像蛇一样冲着她嘶嘶直叫，而胡安娜则毫不惧怕地大睁着双眼注视着他，就像是屠夫面前的一头羔羊。她知道他心里已经动了杀机，那也没什么；她已经听天由命，她不打算抵抗，甚至不打算反对。而到了这时他内心的狂怒已经退去，一种令他反胃的厌恶取代了它的位置。他转身离她而去，离开沙滩，进入了矮树丛。他因为情绪过于激动，感官都变得迟钝了。

　　他听到有人向他扑来的声音，他拔出匕首朝一个黑影直刺过去，而且感觉他的匕首刺中了目标，接着他就受到痛击，站立不住，膝盖着地，紧接着整个就被掀翻在地上。贪婪的手指摸遍了他的衣服，几个发了疯一样的人影搜遍了他的全身，而那颗珍珠却从他的手中飞弹了出去，一闪一闪地落在小径上的一块小石头后面。它在柔和的月光中幽幽发亮。

　　胡安娜挣扎着从岸边的石头上爬起来。她脸上钝钝地痛，腰侧也很疼。她先跪着把自己稳定了一会儿，湿裙子紧紧地贴在身上。她并不生基诺的气。他说过，"我是个男子汉"，胡安娜知道这句话并不是白说的。这意味着他有一半疯狂一半神圣。这意味着基诺敢于以一己之力对抗高山和海洋。而胡安娜以她女性的心灵知道，哪怕这个男子汉撞得粉身碎骨，高山仍旧屹立不倒，哪怕这个男子汉淹死在海里，海洋仍旧汹涌澎湃。可是正是这种精神才使他成为一个男子汉，一半疯狂一半神圣，而胡安娜需要一个男子汉，没有一个男子汉她就活不下去。虽然她也可能对男人和女人之间的这些不同感到困惑不解，可是她懂得，她接受，她也需要这些不同。她当然会跟他一起走，这是毫无疑义的。有时候女性的特质，理性、谨慎、自保的意识，会穿透基诺的男性气质，将他们全部拯救。她有些痛苦地站起身来，把手掌浸到细浪当中，捧起令伤口刺痛的咸水清洗了一下青肿的脸颊，然后慢慢地爬上沙滩，跟随基诺而去。

　　一朵朵鲱鱼样的云团从南面移到了当空。那苍白的月亮在一连串云朵中钻进钻出，于是胡安娜就只能在忽明忽暗中往前走。她的后背疼得只能弓着，头低着。她走进矮树丛的时候月亮正好被遮住了，等它从云层里钻出来以后，她看到那颗大珍珠在小径的一块石头后面微微闪着光。她吃力地跪下把它捡起，月亮又钻进了黑暗的云层。胡安娜在地上跪了一会儿，考虑着要不要回到海边把中断的任务完成，她正委决不下的时候，月光又显现出来，她看到前面的小路上躺着两个黑色的人形。她往前一跃，看到其中一个是基诺，另一个是个生人，亮闪闪的黑色液体从咽喉往外直流。

　　基诺的动作呆滞迟缓，胳膊腿就像只被轧碎的甲虫般微微地动弹，嘴里含混不清地咕哝着。就在这一瞬，胡安娜知道旧日的生活一去不复返了。路上倒毙的那个死人以及基诺的匕首——刀刃晦暗，就在他身边——已经说明了一切。一直以来，胡安娜都竭力想挽回一点旧日的安宁，找回一点采到珍珠前的时光。可是现在一切都完了，再也无法挽回了。明白了这一点以后，她也就立刻放弃了过去。现在唯一能做的，就只剩下拯救他们自己了。

　　她已经感觉不到疼了，随之而去的还有动作的迟缓。她迅速把那个死人从小路上拖到了矮树丛的隐蔽处。她来到基诺跟前，用她潮湿的裙摆擦拭他的脸。他的知觉渐渐恢复，他呻吟起来。

　　"他们把珍珠抢走了。我已经失去了它。现在一切都完了。"他说，"珍珠没了。"

胡安娜抚慰他，就像抚慰一个生病的孩子。"嘘。"她说，"你的珍珠在这儿呢。我在路上捡到的。你听得见我说话吗？你的珍珠在这儿呢。你明白吗？你杀死了一个人。咱们必须逃走了。他们会来抓咱们，你明白吗？咱们必须在天亮前就走掉。"

"我遭到了袭击。"基诺心神不宁地道，"我是为了活命才还击的。"

"你还记得昨天吗？"胡安娜问，"你认为你先动的手还是后动的手有什么关系吗？你还记得城里的那些人吗？你认为你的解释会有用吗？"

基诺深吸了一口气，全力抗击他的软弱。"没错。"他说，"你说得对。"他的意志坚定了起来，他又是一个男子汉了。

"回家去把小郊狼带来。"他说，"把咱们所有的玉米也都带上。我把独木舟拖下水，咱们这就走。"

他拿起他的匕首就离开了她。他跌跌撞撞地朝沙滩走去，来到他的独木舟前。当月亮再次突破云层的时候，他看到船底上已经被凿出了一个大洞。灼热的愤怒涌上心头，也给了他力量。如今黑暗正在包围他的家庭；如今邪恶的音乐弥漫着整个黑夜，笼罩在红树林上空，在波浪的拍打中尖叫。他祖父传下来的那只独木舟，刷了一层又一层灰泥的小船，已经被凿穿，破了个大洞。这简直是一桩超乎想象的罪恶。杀死一个人都没有杀死一条船这么罪恶。因为一条船不可能有儿孙，因为一条船没办法保护自己，而且一条受了伤的船也不会痊愈。基诺的愤怒中带有一种悲伤，不过这最后的一击已经使他变得坚不可摧。他如今已经变成了一头动物，要躲藏，要出击，他活着就只为了保全他自己和他的家庭。他已经感觉不到他头上的痛楚。他飞跃过沙滩，穿过矮树丛，朝他的茅屋奔去，他没有想到要去占用邻居们的一条小船。这种想法一次都没有在他脑海中闪现，就像他决不会设想要去毁坏一条船一样。

公鸡在打鸣，很快就要破晓了。最先燃起的灶火冒出来的炊烟透过各家茅屋的墙缝渗出来，已经闻得到最早烤制玉米饼的气味。早起的鸟儿已经在灌木上蹦蹦跳跳。昏黄的月亮正在失去它的亮光，云层在南面越积越厚，凝结成一片。清新的晨风吹进了海湾，一种神经质的、焦躁不安的风，夹杂着暴风雨的气息，空气中有一种变幻莫测和惊疑不定的感觉。

基诺急匆匆地朝他的茅屋而去，胸中感到了一阵激动的潮涌。如今他已经不再困惑迷茫，因为他只剩下了一条路可走，基诺先是把手伸进衬衣里摸了摸那颗大珍珠，然后又摸了摸那把挂在衬衣下面的匕首。

他看到他前面有一点火光，紧接着就有一团巨大的火焰啪啪啪啪地咆哮着在黑暗中腾空而起，一座宏伟的火焰的大厦照亮着整条小路。基诺开始狂奔，那是他的茅屋，他知道。他也知道像这样的茅屋一会儿工夫就能烧得干干净净。他在向前狂奔的时候，一个匆遽的人影朝他跑来——是胡安娜，怀里抱着小郊狼，手里还抓着基诺日常披在肩上的毯子。孩子吓得在呻吟呜咽，胡安娜双眼圆睁，充满了恐惧。基诺看得出房子已经是完了，他问都没问胡安娜。他已经知道了，不过她还是说："房子被捣毁，地面被挖了个遍——就连宝宝的箱子都翻了个底朝天，我进屋查看的时候他们就从外面放起了火。"

正在燃烧的茅屋那炽烈的火光把基诺的脸照得雪亮。"是谁?"他问。

"不知道。"她说，"那些黑暗的势力。"

邻居们已经仓皇地从各自的家里跑了出来，他们眼望着那渐渐落下去的火势，用脚把它们踩灭，以免殃及他们自家的茅屋。基诺突然间害怕了起来。火光使他感到了害怕。他想起了那个扔在小路旁矮树丛中的死人，他抓住胡安娜的胳膊，把她从火光中拉到一座房子的阴影中，因为那火光对他来说就意味着危险。他沉吟了片刻，然后在阴影中小心地移动，摸到了他哥哥胡安·托马斯的家门前，他拉着胡安娜溜了进去。外面，他能听到孩子的尖叫和邻居们的喊叫声，因为他的朋友们还以为他可能就在那燃烧的房子里。

胡安·托马斯家和基诺家的房子差不多一模一样，几乎所有的茅屋都一个样，都既透风又透光，所以坐在哥哥家屋角处的胡安娜和基诺，都能透过墙缝看到跳动的火焰。他们看到火焰腾得老高，火势猛烈，他们看到他们家的屋顶塌了下来，眼看着火势渐渐消歇，就跟一堆小树枝生起的火熄灭得一样快。他们听到他们的朋友们警告的呼喊，还有胡安·托马斯的妻子阿波罗妮娅尖锐的、哀恸的号啕。她身为至亲的女性亲属，为家族中的死者正式开始举哀。

阿波罗妮娅意识到她戴着的是她第二好的披巾，于是就冲回家里来拿她最好的那条。她正在靠墙的箱子里翻找的时候，基诺悄声地说道："阿波罗妮娅，别喊。我们没有受伤。"

"你们怎么到这儿来了？"她问。

"先别问了。"他说，"快去找胡安·托马斯，把他带到这儿来，别告诉任何人。这对我们很重要，阿波罗妮娅。"

她踌躇不决，她两只手无助地垂在身体前面，然后她说："好的，我的小叔子。"

过了一段时间，胡安·托马斯和她一起回来了。他点起一支蜡烛，来到他们蜷作一团的墙角位置，又说："阿波罗妮娅，看着门，不要让任何人进来。"他是长兄——胡安·托马斯，他显出一副权威的样子。"怎么回事，我的兄弟？"他说。

"我在黑暗中遭到袭击。"基诺道，"在打斗中我杀死了一个人。"

"是谁？"胡安·托马斯马上问道。

"我不知道。四周一片漆黑——只有黑暗和黑暗的形状。"

"是那颗珍珠。"胡安·托马斯道,"那颗珍珠里有个魔鬼。你真该卖了它,把魔鬼送走。也许你现在还能把它卖掉,为你自己买到安宁。"

而基诺道:"哦,我的兄长,我受到了一次欺侮,甚于剥夺了我的生命。因为我那海滩上的独木舟被凿穿了,我的房子被烧毁了,在矮树丛里还躺着一个死人。每一条生路都被断绝了。你必须把我们藏起来,我的兄长。"

而基诺在细心观察下,发现他哥哥的眼里透出深切的忧虑,于是在他开口拒绝前就抢先了一步。"不用太久。"他赶紧道,"只要一个白天过去,新的夜晚来临就够了。到那时我们就走了。"

"我会把你们藏起来。"胡安·托马斯道。

"我不想给你带来危险。"基诺道,"我知道我就像麻风一样。我今天夜里就走,然后你就安全了。"

"我会保护你们的。"胡安·托马斯道,然后他又叫道,"阿波罗妮娅,把门关上。基诺躲在这儿这件事不要走漏一点风声。"

他们一整天都一声不响地坐在屋子的暗处,他们能听到邻居们正在谈论他们。透过茅屋的墙壁他们能看到邻居们扒着灰烬在找他们的尸骨。蜷缩在胡安·托马斯的茅屋里,他们听到邻居们得知小船被凿穿的消息时震惊的喊叫。胡安·托马斯出去跟邻居们待在一起,以免引发怀疑,并且跟他们分享他认为基诺、胡安娜和小奶娃到底遭遇了什么的想法。他对这个人说:"我觉得为了逃脱他们头上的灾祸,他们已经沿着海岸线朝南去了。"而对另一个人又说:"基诺是离不开这片海的。他也许又另找了一条船。"他还说:"阿波罗妮娅悲痛难当,已经病倒了。"

那一天刮起了大风,风在海湾里翻搅,把岸边生长的那些海藻和海草都连根拔起，风呼啸着从他们的茅屋当中吹过，海上没有一条船是安全的。这时胡安·托马斯又在邻居们中散布道："基诺完蛋了。他要是去了海上的话，现在肯定已经淹死了。"每到邻居们那里去一趟，胡安·托马斯就借一些东西带回来。他带来用草编制的一小口袋红豆和满满一葫芦瓢的大米。他借来一杯干胡椒和一块盐巴，他还拿来一把很长的工作刀，长十八英寸而且很重，简直可以当把小斧子用，既是件工具又是样武器。基诺一看到这把刀，眼睛马上就亮了起来，他抚摸着刀身，用拇指试了试刀刃。

风在海湾上呼啸尖叫，白浪滔天，红树林就像惊恐的牛群般冲撞奔突，细细的沙尘从陆上升起，像令人窒息的乌云般笼罩在海上。风将云彩驱散，廓清了天空，把乡野的沙子像雪一样吹成一堆一堆。

临近黄昏时分，胡安·托马斯跟他兄弟进行了一次长谈。"你打算去哪儿？"

"往北。"基诺道，"我听说北方有城市。"

"避开海岸。"胡安·托马斯道，"他们正组织一伙人沿着海岸搜寻。城里的那些人一心想找到你。那颗珍珠还在你手里吗？"

"还在。"基诺道，"我要留着它。我原本可以把它当作礼物送人的，可它现在已经成了我的不幸和我的生命，我要留着它。"他的目光坚毅、残酷而又充满怨恨。

小郊狼呜呜咽咽地抽泣起来，胡安娜喃喃念诵着那些小小的咒语，让他安静下来。

"起风了是件好事。"胡安·托马斯道，"这样就留不下行走的痕迹了。"

他们在月亮还没升起以前，悄悄地离开了。一家人神态庄严地站在胡安·托马斯的家里。胡安娜背上小郊狼，用披巾把他盖好、兜住，孩子睡着了，歪着头，一边的面颊贴在她肩上。用披巾盖好孩子后，胡安娜用它的另一端捂住自己的鼻子，以防御夜晚邪恶的空气。

胡安·托马斯一连拥抱了兄弟两次，在他两颊上各自亲吻了一次。"天主与你同在。"他说，就像是死别一般，"你还是不肯放弃那颗珍珠？"

"那颗珍珠已经成为我的灵魂。"基诺道，"如果我放弃它，我将丧魂失魄。天主也与你同在。"

六

　　风吹得猛烈、狂暴，裹挟着断枝、沙子和小石子击打在他们身上。胡安娜和基诺把身上的衣物紧紧地裹起来，蒙住鼻子，走进了外面的世界中。天空被风洗刷得干干净净，星星在黑色的天空中闪着冷光。他们俩走得小心翼翼，他们避开了市中心，那里也许会有睡在门口的人看见他们经过。因为整个城镇已经把自己关闭起来抵御黑夜，任何在黑暗中走动的人都会引起注意。基诺沿着城镇的边缘绕过去，然后转向北边，靠天上的星星来定向，找到了那条布满车辙的沙子路，那条道路穿过矮树丛生的乡野一直通往洛雷托 [1]，童贞圣母曾在那个城市显过圣。

　　基诺能感受到被吹起的沙子击打在他的脚踝上，他很高兴，因为

1　洛雷托，墨西哥南下加利福尼亚州的一个城市，位于下加利福尼亚半岛东海岸，濒临加利福尼亚湾，在拉巴斯以北，有三百五十公里的距离。

知道这么一来他们就不会留下什么足迹了。星星发出的微光为他照出了那条穿越矮树丛生的乡野的窄路。基诺也能听到胡安娜跟在他背后那轻轻的脚步声。他走得很快又很轻,胡安娜一路疾走以跟上他的脚步。

某种古老的东西在基诺的内心深处搅动。透过他对于黑暗以及出没于夜间的魔鬼的恐惧,涌现出一股兴奋和激动的情愫;某种动物性的东西在他体内蠢蠢欲动,使得他又小心又机警又危险;某种源自他民族过往的古老的东西在他体内活了起来。风吹打着他的脊背,星光指引着他前行。风在矮树丛中呼啸、跳荡,他们这个家庭以单一的节奏继续赶路,一个钟头又一个钟头。他们没有经过一个人,也没有看到一个人。最后,在他们右侧,下弦月升了起来,那弯月亮升起之后,风就歇了,地上也安静下来。

现在他们能看清面前的小路了,路上深深地印满流沙堆积的车辙。风停了以后就会有脚印留下,不过他们已经离城很远了,也许他们的足迹不会被人注意到。基诺小心翼翼地走在一道车辙中,胡安娜紧跟着他后面。早上只要有一辆进城去的大车从这儿经过,就能抹去他们一路走来的所有痕迹。

他们走了整整一夜,连步幅都没有任何改变。小郊狼醒了一次,胡安娜就把他挪到自己胸前,轻轻地哄他,直到他再次睡着。夜晚的各种邪恶的生灵包围着他们。郊狼在矮树丛中又嚎又笑,猫头鹰在他们头顶上尖叫、嘶啸。一度有一只巨大的动物慢吞吞地走远,一路上把低矮的灌木碰得咔咔直响。基诺紧紧地抓住那把巨大的工作刀的刀柄,从中得到了一种安全感。

珍珠的音乐在基诺的头脑中如凯歌般奏响,下面是家庭之歌那平静的旋律在支撑着它,这两种音乐都跟穿着凉鞋的脚在尘土中行走那轻柔的脚步声交织为一体。他们走了一整夜，天刚一破晓，基诺就在寻找一处隐蔽的树丛，白天躲在里面休息。他在距离道路的不远处找到个理想的地方，树丛中的一块小空地，可能是野鹿趴过的地方，被路边那些又干又脆的树木密密地遮了个严实。等胡安娜安顿下来并开始给孩子喂奶以后，基诺又回到路上。他折了根树枝，仔细地把他们从路上转向隐藏处的脚印全都抹去，然后，在第一缕曙光中，他听到一辆大车驶近的吱嘎声，他蜷伏在路边，眼看着一辆沉重的两轮大车驶了过去，由一头没精打采的公牛拉着。等那辆车走得已经看不见了以后，他才回到路上看了看车辙，发现他们之前留下的足迹已经全都不见了。他再次把自己留下的痕迹扫掉，这才回到胡安娜身边。

　　她给了他一块阿波罗妮娅为他们包好的柔软的玉米饼吃，过了一会儿她小睡了一下。可是基诺一直坐在地上，凝神盯着面前的土地。他看着一群蚂蚁在行进，他脚边的一小队蚂蚁，他伸脚挡住了它们的去路。然后那队蚂蚁从他的脚背上爬过去，继续走它们的路，基诺就把脚放在那儿不动，看着它们一个个爬过他的脚背。

　　太阳热腾腾地升起来。他们现在已经不在墨西哥湾附近了，空气又干又热，矮树丛在炎热中抽搐着，散发出好闻的树脂香。胡安娜醒来的时候，太阳已经升得很高，基诺嘱咐了她一些她已经知道的注意事项。

　　“要当心那边的那种树。”他指给她看，“不要摸它，因为要是摸了它以后再摸你的眼睛，它会把你弄瞎的。也要当心那棵流血的树。看，就是那边那一棵。因为要是弄破了它，就会有红色的血水流出来，会给你带来坏运气的。”她点了点头，冲他微微一笑，因为这些东西她都知道。

　　“他们会追我们吗？”她问，“你觉得他们会想要找到我们吗？”

"他们会的。"基诺道，"谁找到我们谁就能得到那颗珍珠。哦，他们会想尽一切办法的。"

而胡安娜说："也许那几个经销商是对的，这颗珍珠并不值钱。也许这一切都只是个幻影。"

基诺把手伸进衣服里，掏出那颗珍珠。他转动珍珠让阳光在它表面上闪耀，一直到那光芒刺痛了他的眼睛。"不会，"他说，"它要是真不值钱的话，他们也就不会一心想把它偷到手了。"

"你知道袭击你的是谁吗？是那些经销商吗？"

"我不知道。"他说，"我没看清楚。"

他向珍珠里面望去，想找到他的幻影。"等我们终于把它卖掉以后，我要买一支来复枪。"他说，他朝那闪耀的表面看进去，找他的来复枪，可他只看到一具缩成一团的黑色尸体躺在地上，闪亮的鲜血从咽喉里往外滴答。他急忙又说："我们要在一个大教堂里举行婚礼。"而他在珍珠里看到的却是脸被打伤的胡安娜在黑夜中慢慢朝家里挪动。"我们的儿子一定要学会念书。"他发狂般地道。而珍珠里看到的小郊狼的脸却由于吃药而肿胀，两颊烧得通红。

基诺赶紧把珍珠塞回到衣服里，珍珠的音乐在他的耳朵中已经变得凶险不祥起来，而且和邪恶的音乐交织为一体。

炎热的太阳炙烤着大地，基诺和胡安娜挪进矮树丛那网眼状的树荫中，小小的灰鸟在树荫的地上蹦蹦跳跳地奔逃。在炎热的白昼，基诺放松了下来，他用帽子遮住眼睛，用毯子包在脸上挡苍蝇，他睡着了。

不过胡安娜并没有睡。她像块石头一样安静地坐着。她嘴上被基诺打过的地方还肿着，个头很大的苍蝇围着她下巴上的伤口嗡嗡直叫。可她仍旧像个哨兵一样一动不动地坐着，小郊狼醒过来的时候，她把他放在面前的地上，看着他挥舞胳膊踢动双脚，他笑嘻嘻地冲她开心地咯咯直叫，逗得她也绽出了微笑。她从地上捡起一根小树枝来胳肢他，她从行李卷里拿出葫芦瓢来喂他喝水。

基诺在睡梦中不安地悸动，他用一种喉音很重的声音喊出声来，他的手像是在跟人打架一样动来动去。然后他呻吟一声，突然坐了起来，他两眼圆睁，鼻孔张得老大。他侧耳倾听，只听到抽搐的热气和远处的嘶嘶声。

"怎么了？"胡安娜问。

"嘘。"他说。

"你刚才在做梦。"

"可能吧。"可是他仍旧焦躁不安，她从储备中给了他一块玉米饼，他嚼了几口又停下来倾听。他心神不定，焦虑紧张；他扭过头去张望；他举起那把大刀，试着刃口。当小郊狼在地上开心地咯咯叫时，基诺说："让他别响。"

"怎么回事？"胡安娜问。

"我不知道。"

他再次仔细倾听，眼中闪着一种动物的光芒。然后他站了起来，悄无声息；又把身体蜷得很低，钻过矮树丛朝那条路而去。但他并没有走到路上去，他爬进一棵长刺的矮树的枝叶底下，向外窥伺他走过来的那条路。

然后他就看到了他们在向前移动。他的身体僵硬起来，他把头低下，从一根落在地上的树枝后面往外窥视。远远的，他能看到三个人形，两个徒步，一个骑在马上。不过他知道他们都是什么人，不禁一阵心惊胆寒。就算离得这么远，他也能看到那两个徒步之人走得很慢，腰弯得很低，直冲着地面。在某个地方，其中一个会停下脚步，打量着地上，另一个会走过去一起查看。他们是追踪者，他们能在到处都是岩石的大山里追踪大角羊的行迹。他们就跟猎犬一样灵敏。在某个地方，他和胡安娜也许不小心从车辙里面踩了出来，这些来自内陆的人，这些追踪者，他们能够跟踪，能够辨别出一茎折断的稻草或是一小堆被踩倒的尘土。在他们身后，一个黑魆魆的身影骑在一匹高头大马上，他的鼻子用毯子遮住了，马鞍上横放着一支来复枪，在太阳下闪着光。

基诺就像一根树枝一样一动不动地伏在地上。他几乎气都不喘，目光落在他把他们的脚印扫去的那个地方。就连他扫除痕迹的这个动作本身就可能成为那些追踪者借以辨认的一种信息。他很知道这些内陆猎户的厉害。在一个猎物极少的地域里，他们居然有本事靠打猎为生，而现在他们正在追猎的就是他。他们就像动物一样在地面上小步疾走，发现一个痕迹就俯下身来仔细审视，那个骑马的人就等着他们。

那两个追踪者发出一声轻轻的哼叫，就像兴奋的猎犬发现了一处新鲜的嗅迹。基诺慢慢把大刀握在手中，做好了准备。他知道他必须这么做。如果追踪者找到了他清扫过的这个地方，他必须一跃而起扑向那个骑马的人，尽快把他干掉，把那支来复枪抢过来。他就是他唯一的机会。当那三个人离他越来越近的时候，基诺用他套着凉鞋的脚趾踩出两个小坑，这么一来，他在猛然跃起之时，脚就不会打滑。透过那倒在地上的树枝望出去，他的视野非常狭窄。

此时在后面隐蔽处的胡安娜，也听到了马蹄的嘚嘚声，小郊狼又发出咕噜咕噜的声音。她一把把他抱起来，把他放在披巾底下，把奶头塞到他嘴里，他便安静下来。

当那两位追踪者来到近前的时候，从那根坠落的树枝底下，基诺只能看到他们的腿和马的腿。他看到那两个人那黑黑的、皮肤粗硬的脚和他们身上褴褛的白色衣服，他听到皮质的马鞍发出的嘎吱声和马刺的铿锵声。两个追踪者在他用树枝扫除过脚印的地方停下来端详了一番，那骑马的人也把马勒住了。那匹马扬起头来挣了挣马嚼子，那马嚼辊子在它舌头底下咔嗒响了一声，那匹马就喷了个响鼻。那两个黑黢黢的追踪者于是掉过头来端详那匹马，尤其注意看马的耳朵。

基诺停止了呼吸，不过他的背微微弓起，他胳膊和腿上的肌肉紧张得鼓了出来，上唇上冒出了一行汗珠。两个追踪者长时间地俯身冲着路面，移动得非常缓慢，仔细端详面前的地面，那骑马的跟在他们后头。那两个追踪者往前疾走两步，然后停下来，看一看，再急匆匆向前。他们一定会回来的，基诺知道。他们会兜着圈子四处搜寻，窥探，弯腰下蹲，他们迟早会回到他把踪迹遮掩掉的这个地方来的。

他轻手轻脚地倒退回去，这一回不再操心去遮掩他留下的踪迹了。他也没办法遮掩了，各种小小的痕迹实在太多，折断的小树枝、双脚摩擦过的地方和移了位的小石子实在太多了。基诺的心中不禁产生了一种恐慌，一种无路可逃的恐慌。那两个追踪者迟早会发现他的踪迹，他知道。除了插上翅膀飞走以外，他已经无路可逃。他悄悄地从路边离开，飞快而又悄没声地回到胡安娜的藏身之处。她满怀疑窦地抬头望着他。

"追踪者。"他说，"走！"

然后一种无助和无望涌上心头，他脸色铁青，目光忧伤。"也许我应该让他们抓住我。"

胡安娜霍地站起身来，把手放在他的胳膊上。"珍珠在你身上。"她嘎声叫道，"你认为他们会把你活捉回去，让你跟大家说他们偷了你的珍珠吗？"

他的手无力地摸到衣服底下藏着珍珠的地方。"他们会找到它的。"他有气无力地道。

"走。"她说，"快走！"

看到他没有任何反应，她说："你认为他们会让我活着吗？你认为他们会让小家伙活着吗？"

她的激励刺入了他的头脑；他的嘴唇发出咆哮，他的眼睛再次露出凶光。"走！"他说，"咱们到山里去。在山里咱们也许能摆脱他们。"

他把构成他们所有财产的那些葫芦瓢和小袋子胡乱地收拾起来。基诺的左手提着一个行李卷，不过那把大刀仍旧在右手里晃荡着。他为胡安娜在灌木丛中分开道路，他们匆匆往西，朝着那一座座高大的石山而去。他们快步穿过纠结在一起的低矮灌木。这是仓皇的逃命。基诺不再试图隐藏他的行踪，脚下踢动着小石块，身体把泄露行藏的树叶从小树上碰落下来。高高的太阳炙烤着干得吱嘎作响的大地，就连植物都喊喊喳喳地发出抗议的声响。可是前面就是那光裸的花岗岩的大山了，从受到侵蚀的乱石堆里拔地而起，巍然耸立在苍穹下。基诺朝高处奔逃而去，就像差不多所有被追赶的动物一样。

这是一片干旱的土地，覆盖着一层能够蓄水的仙人掌和根部扎得极深的小灌木，它们能吸取地表深处的那一点点水分，而且靠这一点点水分就能存活。脚下踩倒的不是土壤，而是碎石，裂成一小块一小块或者一大片一大片，但没有一块的棱角是被水磨洗圆了的。一簇簇小小的枯草生长在石头中间，只要下一场雨，这些草就会发芽、结穗、落籽，然后死去。角蜥眼看着他们这一家人走过，然后把它们那不停转动的小小的龙头扭到一边去。时不时的，一只巨大的长耳野兔会被他的身影所惊动，仓皇逃窜，躲到最近的岩石后面。嗡嗡作响的热气笼罩着这片荒漠，面前的石山看起来显得凉爽而又惬意。

基诺仓皇奔逃。他很清楚会发生什么事。追踪者沿着那条路再多走一会儿，就会发觉他们跟丢了，他们就会倒回来，搜索和判断，要不了多一会儿，他们就能找到基诺和胡安娜曾休憩过的地方。从那儿开始，对他们来说就易如反掌了——那些小石头，那些掉落的树叶和折断的树枝，一只脚踩滑了在地面上留下的擦痕。基诺在脑子里就能看到他们，顺着他们的踪迹飞快地前进，急切地低声嘟囔着，而跟在他们后面就是那个黑黢黢、冷眼旁观的骑手，马背上横着来复枪。他的工作就是负责收尾，因为他是不会把他们带回去的。哦，那邪恶的音乐此时在基诺的头脑中高声唱响，跟嗡嗡的热气和响尾蛇粗糙的鸣叫一起唱响。它现在并没有巨大到压倒一切的程度，但隐秘而又恶毒，而他自己的心脏那怦怦的跳动声又给它平添了低音和节奏。

路开始陡了起来，越往上走，石头也就越来越大。不过现在基诺已经成功地在他的家庭和追踪者之间拉开了一段距离。在攀上第一个陡坡以后，他休息了一下。他爬上一块巨大的砾石，朝一路过来的那阳光耀眼的原野望去，可是他看不到他的敌人，连那骑在马上穿过灌木丛的大高个儿都不见踪影。胡安娜已经在那块巨大砾石的阴影中蹲了下来。她把装水的瓶子举到小郊狼唇边，他那干渴的小舌头贪婪地吮吸着。基诺从石头上下来的时候她抬头看了他一眼；她看到他在端详她那被石头和灌木割破和擦伤的脚踝，就急忙用裙裾把脚踝盖了起来。然后她把水瓶递给他，但他摇了摇头。她的双眼在疲惫的脸上特别明亮。基诺用舌头湿润了一下干裂的嘴唇。

"胡安娜，"他说，"我继续往前，你躲起来。我把他们引到山里去，等他们走远了，你就往北到洛雷托或是圣罗萨利亚去。然后，我要是能够逃脱的话，我会来找你的。这是唯一安全的办法。"

她目不转睛地直视了他的眼睛好一会儿。"不。"她说，"我们跟你一起走。"

"我一个人走得更快，"他厉声道，"你要是跟着我，小家伙只会更危险。"

"不。"胡安娜道。

"一定得这样。这是最明智的办法，这也是我的愿望。"他说。

"不。"胡安娜道。

他盯着她看了一会儿，想从她脸上看出软弱，看出害怕或是优柔寡断，却一样都没有发现。她的眼睛异常明亮。他只得无可奈何地耸了耸肩，可他已经从她身上汲取了力量。当他们继续上路的时候，那已经不再是恐慌的奔逃了。

这个朝高山渐渐隆起的地段，地貌的变化很大。现在有很长的花岗岩从地面隆起，岩石与岩石之间有着很深的裂隙，基诺尽可能拣留不下痕迹的光秃秃的石头下脚，从这块岩石直接跳到那一块上。他知道追踪者每逢失去了他的踪迹，都必须来回兜圈子，在重新找到之前必定会多耗费一些时间。所以他就不再径直地朝山上爬去，反而故意走一条之字形的路线，有时候还折回来往南走一段，故意留下一个痕迹，然后再掉头专拣光秃秃的石头往山上爬。现在山路已经非常陡峭了，所以他一边走一边微微有些气喘。

太阳朝大山那裸露的石牙般的山峰慢慢下落，基诺选定方向，朝山脉中一个暗黑而且多荫的裂口而去。如果这山上还有一点水的话，那一定就在那里，因为即使隔着老远，他也能看到一点绿叶的影子。

如果有任何通道能穿过那光滑的石头山脉的话，也一定是通过这同一道深深的裂口。它有它的危险，因为追踪者同样也会想到它，可是已经空空如也的水瓶已经不允许他考虑这么多了。随着日头渐渐偏西，基诺和胡安娜疲乏地沿着陡峭的山坡朝那个裂口艰难地爬去。

　　在那高高的灰色石山之上，在一座怪石嶙峋的山峰底下，一股细细的泉水从岩石的裂隙间汩汩涌出。夏天，它是由山阴处的融雪灌注而成的，时不时地会完全干涸，露出水底光裸的石头和干枯的水藻。不过差不多一直都有泉水涌出，清凉、干净而又宜人。碰到有骤雨降落的时节，它也会变成一道山洪，将白色的激流喷射、倾泻到大山的裂口当中，不过它几乎一直都是一股涓涓的细流。这眼小小的泉水汩汩涌出后形成一个水池，然后下落一百英尺注入另一个水池，这个水池在注满以后，溢出的水流继续往外流，持续地下落又下落，一直到它流入山地的碎石中，在那里完全消失无踪。反正到了这里水也剩不下多少了，因为每当它从一道石崖上落下，干渴的空气就会吸饮个没完，而且池里的水也都会泼溅到干枯的植物那儿去。方圆数英里范围内的动物都会来到小小的水池边饮水，野羊和鹿，美洲狮和浣熊，还有老鼠——全都来饮水。在灌木林地度过了白天的鸟儿，也会来到这就像山间裂口中的台阶一样的小水池边过夜。在这道细小溪流的旁边，只要是有足够扎根的土壤，就到处是植物的群落，野葡萄和矮棕榈，铁线蕨，木芙蓉，还有那细长的叶片上顶着羽状穗子的高高的蒲苇。水池里生活着青蛙和水黾，还有各色的小水虫在水底爬动。所有喜水的生物都会到这几个浅浅的水池边来。山猫将它们的猎物拖到这里，把羽毛撒得到处都是，透过血淋淋的牙齿用舌头舔水喝。因为有水，这几个小小的水池就成为活命的地方，也因为有水，这里又成了杀戮的地方。

最低的那一层梯级是个石头和沙子的小平台，溪水在那儿最后聚集起来以后，就会跌落到一百英尺以下的荒漠里，在乱石丛中消失不见了。只有细细的一股水流落入那个水池中，不过也足以将水池注满，使突出的崖壁下面的蕨类植物保持常青，使野葡萄藤能爬上石山，使各种小型植物在这儿舒心地生长。山洪造成了一个小沙滩，池水从这滩上流过，碧绿的水田芥就在潮湿的沙土中生成出来。那片小沙滩上遍布着前来饮水和捕猎的各种动物的蹄爪肆意践踏和蹑足潜踪的痕迹。

基诺和胡安娜终于挣扎着爬上陡峭而又断裂不平的山坡，来到水边的时候，太阳已经越过了连绵起伏的石山的山顶。从他们所在的这层梯级上远眺，可以从烈日炙烤的荒漠一直望到远处蓝色的墨西哥湾。他们疲惫不堪地来到水池边，胡安娜瘫痪似的跪在地上，先给小郊狼洗了洗脸，然后把水瓶灌满，喂他喝水。孩子筋疲力尽又烦躁不安，轻声地哭个不停，直到胡安娜把奶头塞到他嘴里，他这才靠在她怀里发出咯咯咕咕的声音。基诺在水里痛痛快快地喝了个够。然后四仰八叉地在水池边躺倒，把浑身所有的肌肉全都放松下来，望了一阵子胡安娜给孩子喂奶，之后他站起身，来到水流跌落下去的梯级边上，仔仔细细地搜寻着远方。他的目光固定在一个点上，身体一下子变得僵硬起来。在远远的山坡底下，他看到了那两个追踪者；他们只比一个小圆点或是急急跑动着的蚂蚁大一点，他们后面跟着一个更大的蚂蚁。

胡安娜已经转过身来看着他，看到他的脊背僵直了。

"还有多远？"她平静地问。

"黄昏时分他们能来到这里。"基诺道。他抬头看了看裂隙当中水流下来的那个又长又陡的水道。"咱们必须往西。"他说，他的目光搜寻着裂隙后面的石肩。在三十英尺高的灰色石肩上，他看到一组水土侵蚀造成的小小的岩洞。他踢掉凉鞋，脚趾牢牢地攀住光秃秃的石头，爬上去朝那些浅浅的岩洞里查看。它们都是些只有几英尺深，被风掏空了的小洞穴。基诺爬进那个最大的洞中，在里面躺倒，他知道这么一来从外面就看不到他了。他很快又回到胡安娜身边。

"你得到那上面去。也许藏在那儿他们就找不到咱们了。"他说。

没有任何疑问，她把水瓶灌到最满，基诺帮扶她爬到上面那个浅浅的岩洞里，又把那几包食物也带上去递给她。胡安娜坐在洞口位置望着他。她看到他并没有擦掉他们留在沙子上的痕迹。相反地，他爬到水流旁边那个长着灌木的悬崖，一路攀扯着那些蕨类植物和野葡萄藤。等他爬了一百英尺，来到上面一个梯级以后，他又从崖上下来了。他仔细观看了一番爬进岩洞途经的那光滑的石肩，在发现不会留下任何痕迹后，这才爬上去，钻进洞里来到胡安娜身边。

"等他们继续往山上爬以后，"他说，"我们再溜出来，重新回到下面的低地上去。我唯一怕的就是宝宝可能会哭。你一定要当心，别让他哭。"

"他不会哭的。"她说，她把孩子举起来，脸对着自己的脸，直视着他的眼睛，他也严肃地凝视着她的眼睛。

"他都知道。"胡安娜道。

基诺在洞里趴下来，下巴搁在交叉起来的胳膊上，他眼看着大山那蓝色的影子慢慢移动，越过下面那长着些地被植物的荒漠，一直到达了墨西哥湾，那长长的幽冥的暗影笼罩着整个大地。

追踪者远还没有来到，仿佛他们在追踪基诺留下的踪迹时遇到了困难。等他们终于来到小水池边的时候，已是暮色四合。那三个人都是徒步前进了，因为马爬不上那最后一段陡坡。从上面望去，他们在暮色中不过是三个细瘦的影子。那两个追踪者在那小小的沙滩疾步来回小跑，在饮水之前就看到了基诺朝悬崖爬去时故意留下的线路。那带枪的人坐下来休息，那两个追踪者也在他身边蹲下来，在昏黄的暮色中他们嘴里的香烟头一亮一灭。然后基诺看得出他们开始吃饭，他们喃喃的细语声也传到了他的耳边。

然后夜幕就降临了，那个大山的裂口又深又黑。那些惯于利用水池之便的动物开始聚拢过来，闻到那儿有人的气息以后又重新慢慢回到了黑暗中。

他听到身后传来咕哝的一声。胡安娜悄声道："是小郊狼。"她正在哄着他安静下来。基诺听到孩子在鸣咽抽泣，他从那沉闷的声音中知道是胡安娜用披巾蒙住了他的头。

下面的河滩上，一根火柴被擦亮了，在它那短暂的亮光中，基诺看到有两个人在睡觉，第三个人在守望，在火柴的亮光中他也看到了那支来复枪闪出的幽光。然后火柴就熄灭了，但已经在基诺的眼中留下了一幅图景。他能清楚地看到每个人的样子和位置，两个人蜷起腿来在睡觉，第三个蹲在沙地上，那支枪夹在两个膝盖当中。

基诺悄没声地挪到洞里去。胡安娜的眼睛就是两朵火花，里面反射出一颗低空的星星。基诺悄悄地爬到她身边，把嘴唇贴近她的面颊。

"有个办法。"他说。

"可他们会杀了你的。"

"我如果能先摸到拿枪的那个人那里，"基诺道，"我必须先摸到他那里，结果就没问题了。那两个人在睡觉呢。"

她的手悄悄地从披巾下面伸出来，抓住了他的胳膊。"他们在星光底下会看到你的白衣服的。"

"不会。"他说，"我必须在月亮升起来前就摸过去。"

他想找一句温柔的话语，然后又放弃了。"他们要是杀了我，"他说，"趴在这儿别出声。等他们走了以后，到洛雷托去。"

她的手握住了他的手腕，微微哆嗦了一下。

"没有别的选择。"他说，"这是唯一的办法。他们早上就会发现咱们的。"

她的声音微微有些发抖。"天主与你同在。"她说。

他密切地凝视着她，可以看到她那双大眼睛。他把手伸出来，摸索着找到了孩子，他的手心在小郊狼的头上按了一会儿。然后基诺抬起手来，摸了摸胡安娜的脸颊，她屏住了呼吸。

在天空的映衬下，胡安娜可以看到基诺在洞口把身上的白衣服脱下，因为虽然它们又脏又破，可黑夜中还是很显眼。他自己棕色的皮肤对他来说是种更好的保护。然后她又看到他怎么把那把大刀的牛角柄钩在挂护身符的颈绳上，这样一来那把刀就悬挂在他胸前，他的两只手都空出来了。他并没有再次回到她身边。一度，他的身躯黑黢黢地堵在洞口，悄没声地蜷起来，然后他就不见了。

胡安娜挪到洞口，向外张望。她就像只猫头鹰一样从山上的洞里往外窥视，孩子在她背上的毯子下面睡着了，脸斜靠在她的脖子和肩膀上。她能感到他温暖的呼吸贴着她的皮肤，胡安娜悄声念诵着祷告和咒语——她的"万福马利亚"和她那古老的求祈——以抵御那些黑暗的非人的东西的侵害。

在她往外张望的时候，夜也稍稍显得不再那么黑了，东面的天空那边，靠近月亮即将升起的地平线那儿有了一点亮光。往下看去，她能看到守夜的那人正在抽的香烟。

基诺沿着光滑的石肩慢慢向下爬动，就像一条行动迟缓的蜥蜴。他已经把颈绳掉转到身后，这样那把大刀就挂在了背上，不会磕碰到石头。他手指张开挂住山岩，他赤脚的两个脚趾摸索着找寻支撑的地方，就连他的胸膛都紧贴着石壁，这样就不会滑脱了。因为任何一点声响，一块滚动的小石子或是一声叹息，肉体在岩石上的轻轻一滑，都会惊动底下那些守夜的人。任何不是夜晚中自然发出的声音都会引起他们的警觉。但夜也不是寂静无声的，生活在小溪近旁的雨蛙就像鸟儿一样啾啾地叫着，蝉那高亢的、金属般的嘶鸣充溢了山间那整个儿的裂口。而基诺的头脑中还有他自己的音乐，那敌人的音乐，低低地勃勃律动，几乎快睡着了。可是那家庭之歌已经变得猛烈、尖锐而又飘忽轻盈，就像是一只雌性美洲狮发出的咆哮。家庭之歌现在充满活力，催动着他去下面迎战那黑暗之敌。刺耳的蝉鸣似乎也应和了它的旋律，雨蛙那啾啾的叫声也唱出了它的一些小小的乐句。

基诺就像个影子一样悄无声息地爬下光滑的崖壁。一只光脚移动个几英寸，脚趾摸索着碰到石头就紧紧抠住，另一只脚再移动个几英寸，然后一只手的手掌稍稍下移，然后是另一只手，直到整个身体在似乎并没有移动的情况下实际上已经下移了。基诺把嘴巴张开，这样就连他的呼吸都悄无声息，因为他知道他可并非是隐形匿迹的。如果那个守夜人感觉到了动静，抬眼看看石壁上那块黑黢黢的地方——也就是他的身体，他就能看到他。基诺一定要移动得异常缓慢，这样才能避免引起守夜人的注意。他花了很长时间才来到下面，蜷缩在一棵很小的矮棕榈后面。他的心脏在他胸中擂鼓一样震响，他的手上和脸上汗水淋漓。他蜷在那里，用缓慢而又深沉的呼吸使自己镇定下来。

现在他和敌人之间的距离就只有二十英尺了，他尽力去牢记他们之间地面上的具体情况。有没有什么石头会在他猛冲过去的时候磕绊到他？他揉了揉自己的双腿以免抽筋，这才发现他的肌肉因为长时间的紧绷而在抽搐。然后他担心地看了看东方。不一会儿月亮就会升起了，而他必须在它露头之前发起进攻。他能看到那个守夜人的轮廓，可是那两个睡着的人却在他的视线范围以下。基诺必须攻击的——必须迅速而又毫不犹豫地攻击的，就是这个守夜人。他悄无声息地将系护身符的那根绳子绕过肩头转到前面，将系着那把大刀的牛角柄的绳结解开。

他还是太晚了一点，因为当他将蜷缩的身体站直的时候，月亮的银边已经从东边的地平线上露出了头，基诺只得又蹲回到隐身的小树后头。

那是一轮古老而又残破的月亮，但它将强烈的光影投射到山间的那道裂口中间，现在基诺可以看见守夜人那坐在水池边小河滩上的身影了。守夜人目不转睛地凝望着那轮月亮，然后他又点燃了一支香烟，火柴一度照亮了他黑黢黢的那张脸。现在已经不能再等了；等那个守夜人一转过头去，基诺就必须一跃而起。他的两条腿就像紧扭的弹簧那样紧绷。

这时从崖上传来轻轻的一声短促的哭声。所有人掉过头去倾听，然后站了起来，睡在地上的一个人也动了一下，醒了过来，轻声问了一句："是什么？"

"不知道。"守夜人说，"听起来像是哭声，简直就像个人——像个娃娃。"

原本睡觉的那个人说："这可说不准。也许是只带了个崽儿的母郊狼。我就听到过一只郊狼崽子像个娃娃一样啼哭。"

一颗颗的汗珠从基诺的前额上滚落下来，流进眼睛里杀得生疼。那小小的哭声又出现了一次，那个守夜人抬起头来朝那黑黢黢的山洞望去。

"可能是郊狼。"他说，然后基诺听到刺耳的咔嗒一声，那是他把来复枪的枪机扳了起来。

"要真是只郊狼的话，这就能让它闭嘴。"那守夜人把枪举起来说。基诺跃起在半空的时候，轰隆一声枪响，枪筒发出的火光在他眼中定格为一幅图画。大刀猛挥出去，空洞地吱嘎作响。它劈断脖颈，深深地砍入胸膛，基诺已经变成了一架可怕的机器。他一面把刀拔出来，一面已经把来复枪抓在了手中。他的力量、他的动作、他的速度全都变成了一架机器。他身子一旋，大刀已经戳入了坐在地上的那人的脑袋，简直就像是砍瓜切菜。那第三个人就像只螃蟹一样忙乱地滚爬，溜进了水池里，然后他开始发了狂一样往山上爬，往那溪水笔直流下来的悬崖上爬。他的手脚在野葡萄藤的纠缠中猛烈扭动，他在挣扎着想站起来的时候呜咽哀求，泣不成声。可是基诺已经变得像钢铁般冷酷而又致命。他故意将来复枪的手柄扔到一边，然后举起枪口，从容不迫地瞄准，扣动扳机。他看着他的敌人身体向后跌倒在水池里，基诺大踏步来到水边。在月光中，他能清晰地看到那双狂乱而又惊恐的眼睛，基诺再次瞄准，正对着双眼的正中又开了一枪。

然后基诺犹豫不决地站在那里。哪儿出了岔子，有某个信号正努力钻入他的脑子。雨蛙和蝉统统都沉寂下来。然后，基诺的头脑才从那充血的专注状态中清醒过来，他辨认出了那个声音——呼天抢地、呜咽呻吟、越来越高的歇斯底里的哭号从石崖上的那个小山洞里传出来，死亡的哭号。

拉巴斯的每个人都记得这一家人的归来；有些年纪大的也许还亲眼见到过，不过那些从父亲和祖父那里听来的人也一样记得。那是发生在每个人身上的一个事件。

那是在金色的黄昏时分，第一批小男孩开始在城里歇斯底里地乱跑，散布消息说基诺和胡安娜回来了。每个人都忙不迭地跑去看他们。太阳正朝西边的山脉落下去，地上的影子拖得很长。也许那就是在那些亲眼看到他们的人的心头留下的深刻印象。

他们俩从那条满是车辙的乡间道路进入了城市，他们却并没有像往常那样基诺在前、胡安娜在后地鱼贯前进，而是肩并肩并排走在一起。太阳已经落到他们背后，他们长长的身影就先于他们大步向前，他们就仿佛随身扛着两座黑塔似的。基诺的胳膊上挂着一支来复枪，胡安娜的披巾就像个口袋一样扛在肩上。那里面有一小包软绵绵、沉甸甸的东西。披巾上有干了的血迹结成的硬痂，那一小包东西随着她的步伐微微晃动。她的脸色严厉而又布满皱纹，因为疲惫以及与疲惫做斗争的紧绷而显得无比粗糙而又坚韧。她大睁的双眼视若无睹，凝视着自己的内心。她就像天国一样疏远而又遥不可及。基诺嘴唇削薄，下颌僵硬，人们都说他随身带着恐怖而来，他就像是正在酝酿中的风暴一样危险。人们都说他们俩像是已经远离了人类的经验；他们俩像是已经渡过了苦海，到达了彼岸；感觉简直像有一种魔力在保护着他们。那些冲过来看他们的人全都往后拥挤，让出路来让他们通过，并没有跟他们讲话。

基诺和胡安娜从城市走过，仿佛它根本不存在一样。他们的目光既不向左又不向右，既不朝上也不朝下，而只是紧盯着正前方。他们的双腿走起路来微微有点抽动，就像是制作精良的木偶一般，他们随身携带着黑色的恐怖的支柱。当他们走过那石头和灰泥的城市时，掮客们透过钉着窗栅的窗户往外窥看，仆佣们把一只眼睛凑到门缝中往外窥看，而母亲们则把她们最小的孩子的脸掉过去埋在自己的裙子里。基诺和胡安娜大踏步并肩走过石头和灰泥的城市，来到他们居住的茅屋草舍间，邻居们纷纷向后退避，让出通道让他们过去。胡安·托马斯举起手来想要招呼他们，却并没有招呼出声，那只手犹豫不决地在空中停留了一会儿。

在基诺的耳朵里，家庭之歌就像哭喊一样高亢。他刀枪不入，他异常可怕，他的歌声已经变成了战斗的呐喊。他们步履沉重地走过那块原本是他们的家的烧光了的地方，连看都没看它一眼。他们越过围绕着沙滩的那一圈矮树丛，沿着海岸朝下面的海边走去。他们也没朝基诺那被凿穿了的独木舟看上一眼。

当他们来到海边以后，他们停下来，凝望着远处的海湾。然后基诺把来复枪放下，在衣服里摸索，然后就把那颗大珍珠捧在了手上。他透过它的表面朝里面望去，它灰暗而又溃烂。一张张邪恶的面孔从里面窥视着他的眼睛，他还看到了熊熊的火光。在珍珠的表面上，他看到了水池里那个人发了狂的眼睛。在珍珠的表面上，他看到小郊狼躺在那个小山洞里，头顶已经被打掉了。那颗珍珠异常丑陋——它一片灰暗，就像个正在生长的毒瘤。基诺也听到了珍珠的音乐，扭曲而又疯狂。基诺的手微微打战，他慢慢转向胡安娜，将那颗珍珠递给她。她站在他身边，肩头仍扛着那小小的裹尸袋。她朝他手里的那颗珍珠看了一会儿，然后直视着基诺的眼睛，柔声道："不，你来吧。"

基诺把胳膊缩回，用尽所有的力气把那颗珍珠扔了出去。基诺和胡安娜望着它飞出去，在落日的照射下闪闪烁烁，熠熠生辉。他们看到远处有一点水花溅起，他们肩并肩站在那里，久久地望着那个地方。

那颗珍珠沉入了美丽的绿水中，朝海底落下去。海藻那不断摆动的枝条向它呼唤，向它招手。它表面的光辉碧绿而又美丽。它沉到了羊齿状海底植物丛中的沙底上。上面，水面就是一面绿色的镜子。而珍珠躺在海底上。一只螃蟹从海底跳跳蹦蹦地爬过去，扬起一小团沙尘，等沙尘沉淀下去以后，那颗珍珠已经不见了。

而珍珠的音乐渐渐变成了悄声的低语，然后就完全消失了。